우리가 행복해지기 위해
담아야 할 것들

우리가 행복해지기 위해
담아야 할 것들

김한수 지음

하늘
아래

행복은 외부의 물질적인 조건이나 일시적인 상황에서 오는 것이 아닙니다. 그것은 오히려 우리가 어떻게 생각하고, 느끼며, 행동하는가에 달려 있습니다. 진정한 행복은 우리가 자신을 어떻게 바라보는지, 그리고 우리가 주변과 어떤 관계를 맺으며 살아가는지에 따라 결정됩니다.

하루하루를 어떻게 살아가는지, 그리고 내면에서 어떤 태도를 유지하는지에 의해, 우리는 우리 삶에서 행복을 찾아갈 수 있습니다.

이 책, 『우리가 행복해지기 위해 담아야 할 것들』은 바로 그런 변화를 위한 지침서입니다. 행복을 추구하는 여정은 외적인 조건을 바꾸는 것에서 시작되는 것이 아니라, 내면의 태도와 마음가짐을 변화시키는 데서 시작됩니다.

외부의 성공이나 물질적인 만족은 일시적인 기쁨을 가져다줄 수 있지만, 그것이 전부는 아닙니다. 진정한 행복은 우리가 우리 자신과의 관계를 어떻게 정립하느냐, 우리의 생각과 감정, 그리고 행동이 어떻게 발전해 나가느냐에 달려 있습니다.

이 책은 철학자들과 위대한 작가들, 그리고 세계적인 인물들이 남긴 명언들을 통해, 우리가 행복해지기 위해 반드시 담아야 할 것들을 소개하고자 합니다.

각 장은 우리가 실천할 수 있는 중요한 삶의 가치와 태도를 중심으로 구성되어 있습니다.

나를 인정하기, 감사하는 마음, 검소하고 절제된 생활, 칭찬의 즐거움, 나의 몸 돌보기, 나눔의 기쁨을 누리기, 자연과의 어울림, 용서와 존중하는 마음, 미소와 웃음, 책 읽기의 즐거움, 친절과 겸손함, 품위 있는 언행, 인간관계와 소통, 노동의 성취감 등 각 주제는 우리가 일상 속에서 실천할 수 있는 구체적인 가치와 태도입니다.

이 책을 통해 여러분은 외부 환경에 의존하지 않고, 자신의 내면에서 진정한 행복을 찾을 수 있는 방법을 배우게 될 것입니다.

이 책의 가장 큰 특징은 필사를 통해 명언들을 내면화할 수 있다는 점입니다. 단순히 명언을 읽고 이해하는 것에 그치지 않고, 글로 직접 써 내려가며 그 의미를 더 깊이 새기고, 자신의 삶에 적용할 수 있는 방법을 찾는 과정이 중요합니다.

필사는 단순히 손을 움직이는 것이 아니라, 마음을 움직이고, 사고의 틀을 바꾸는 중요한 훈련입니다. 명언 하나하나가 우리의 마음을 변화시키고, 우리가 실천할 수 있는 가치에 대해 깊이 고민하게 만듭니다. 이 과정을 통해 우리는 내면의 변화를 이끌어낼 수 있습니다.

이 책에서 소개되는 명언들은 우리가 일상에서 마주치는 다양한 상황과 감정들을 다루고 있습니다. 자기 자신을 있는 그대로 인정하는 것부터 타인에게 친절과 겸손을 베푸는 것, 긍정적인 마인드를 유지하는 것까지, 이 모든 것은 우리가 매일 실천할 수 있는 작은 습관들이며, 그런 습관들이 모여 큰 변화를 가져옵니다.

이 책의 명언들은 단순한 지식이나 이론이 아니라, 실제로 삶을 변화시킬 수 있는 지혜입니다.

행복은 특정한 순간에 찾아오는 것이 아니라, 우리가 지속적으로 추구하는 과정 속에서 점차적으로 발견됩니다. 우리의 마음과 태도를 변화시켜 나가는 과정 속에서, 우리는 행복을 손에 넣을 수 있게 됩니다.

그러나 이 변화는 한 번에 이루어지는 것이 아니며, 꾸준한 실천과 마음의 훈련이 필요합니다. 이 책은 바로 그 훈련을 돕기 위한 도구입니다. 각 주제에서 소개된 명언들을 필사하며, 여러분은 자신이 실천해야 할 삶의 가치를 하나하나 체득하게 될 것입니다.

이 책을 통해 우리는 내면의 평화를 찾아가고, 진정한 행복을 추구하는 방법을 배울 수 있습니다. 우리가 담아야 할 가치들을 하나씩 실천하면서, 우리는 삶의 풍요로움을 경험하고, 일상에서 마주하는 어려움들을 긍정적인 태도로 극복할 수 있게 될 것입니다.

또한, 이 책은 우리가 가진 작은 기쁨들이 얼마나 큰 행복으로 이어질 수 있는지를 보여줍니다. 행복은 결코 먼 곳에 있지 않으며, 바로 우리가 매일 살아가는 방식 속에 숨겨져 있습니다.

여러분이 이 책을 통해, 자신을 더욱 깊이 이해하고, 긍정적인 마음가짐으로 하루하루를 살아가며, 진정한 행복을 찾을 수 있기를 진심으로 바랍니다. 이 책이 여러분에게 긍정적인 변화의 길잡이가 되고, 행복의 씨앗을 심는 작은 시작이 되기를 기원합니다.

지금 인생의 새로운 장이 펼쳐지고 있습니다.
당신은 이 새로운 장에 필요한 새로운 것들을
만들어낼 능력이 있습니다.

어쩌면 변화를 조절하기 위한 방법을
두세 가지쯤 준비해야 할지도 모릅니다.
지금이 바로, 아직 익숙하지는 않지만
하루하루를 살아가는 데 필요한 새로운 습관과
새로운 행동, 새로운 방식들에 대한
실험을 시작할 시간입니다.

그러기 위해서는 용기가 필요하겠지만,
한편으로는 매우 흥미진진하고 즐거운 일이 될 것입니다.

-

당신 없이 무척이나 소란한 하루 중에서

차 례

당신 자신을 향한 따뜻한 시선을 잃지 마세요.
빛과 그늘, 모든 모습이 당신을 완성하는 조각입니다.
있는 그대로의 자신을 사랑할 때, 평화가 마음에 찾아오고,
삶의 순간순간마다 감사의 꽃이 피어날 것입니다.

우리가
행복해지기 위해
담아야 할 것들

1

나를 인정하기

나를 인정하기

우리가 행복해지기 위해 마음에 담아야 할 것 중 하나는 바로 "나를 인정하기"입니다. 나를 인정하는 태도는 겉으로 보기에 단순한 것 같지만, 사실은 우리 삶의 전반을 깊이 있게 변화시키는 중요한 자세입니다.

자신을 인정한다는 것은 단순히 겉으로 드러나는 장점과 능력만을 바라보는 것이 아니라, 내면에 자리 잡은 약점, 실수, 그리고 때로는 미처 의식하지 못한 두려움과 마주하는 것을 의미합니다.

이러한 자기 인정을 위해 필요한 가장 중요한 마음가짐 중 하나는 '자기 수용'입니다. 자기 수용은 자기 자신을 있는 그대로 바라보고, 그 모습에 대한 평가를 멈추고, 오롯이 현재의 나를 받아들이는 태도입니다.

우리는 누구나 독특하고, 각기 다른 강점과 약점을 지니고 있으며, 그러한 개성이 모여 나라는 존재를 형성하게 됩니다. 자기 수용의 과정을 통해 우리는 우리 자신을 무조건적으로 사랑하고 이해할 수 있게 되며, 동시에 타인에 대해서도 더욱 넓고 깊은 관용을 갖추게 됩니다.

이때 중요한 마음의 자세 중 가장 필요한 마음가짐은 자기 긍정입니다.

자기 긍정이란 자신의 존재 가치를 인정하고, 실수나 실패조차도 발전을 위한 필수적인 과정으로 수용하는 태도입니다.

이러한 긍정적인 관점은 우리가 삶에서 겪는 여러 경험을 두려워하지 않고 오히려 기꺼이 받아들이게 만들어 주며, 계속해서 새로운 도전을 할 수 있는 용기를 심어 줍니다.

자기 자신을 인정하기 위한 구체적인 방법으로는 우선, 자기 대화의 개선이 필요합니다. 비판적이고 부정적인 생각이 떠오를 때 그 생각에 휘둘리지 않도록 "지금의 나도 괜찮아," "이 경험도 나에게는 성장의 과정 중 하나야"와 같은 긍정적이고 격려하는 말로 스스로를 위로할 수 있습니다.

이러한 자기 대화는 우리가 자기 자신을 향해 던지는 비난의 목소리를 줄이고, 대신 따뜻한 수용의 마음으로 자기 자신을 올바르게 바라볼 수 있게 돕습니다.

또 다른 유용한 방법은 감사하는 마음을 기르는 것입니다. 우리는 종종 자신에게 부족한 점에만 집중하며, 이미 가지고 있는 것들의 소중함을 잊어버리곤 합니다. 매일 자신의 강점이나 긍정적인 경험을 돌아보며 감사하는 시간을 가지면, 자신에 대한 인식이 점차 긍정적으로 변화하게 되고, 자연스럽게 자존감이 높아집니다.

결국, 진정한 행복은 자기 자신을 있는 그대로 받아들이는 태도에서 시작됩니다. 자신에게 지나치게 비판적인 시선을 거두고, 장점과 단점을 모두 포용할 때, 우리는 비로소 내면의 평화와 자아 존중을 경험할 수 있습니다. 자기 자신을 온전히 인정하고 따뜻한 사랑을 베푸는 태도는 결코 나약함의 표시가 아닙니다. 오히려 그것은 진정한 자신을 발견하고, 삶의 매 순간을 감사하며 살아가는 가장 강인한 자세임을 기억해야 합니다.

나

너 자신을 알려고 하면 다른 사람들이

어떻게 행동하는가를 관찰하라.

네가 다른 사람들을 이해하려고 하면

너 자신의 마음을 보라.

F. C. S. 실러

F. C. S. 실러(Frederick Charles Sillier, 1846 – 1903)는 19세기 영국의 철학자이자
심리학자로, 실용주의와 경험론을 기반으로 한 철학을 발전시킨 인물이다.

다른 사람이 어떻게 살아가는지 유심히 보세요.
그 안에서 당신 자신을 발견할 수 있을 거예요.
그리고 당신 마음속 깊은 곳을 들여다보세요.
거기엔 다른 사람의 이야기가 담겨 있을 거예요.

나

나의 실패와 몰락에 대해서 책망할 사람은

나 자신 이외에는 아무도 없다.

내가 내 자신의 최대의 적이며,

나 자신의 비참한 운명의 원인이었던 것이다.

나폴레옹 1세

나폴레옹 1세 (Napoléon Bonaparte, 1769 – 1821)는 프랑스의 군사 지도자이자
정치가로, 프랑스 혁명과 그 후의 유럽 역사에 큰 영향을 미친 인물이다.

혹시 길이 막힌다면 한 번 생각해 보세요.

그 그림자를 만든 건, 어쩌면 당신일지도 몰라요.

하지만 걱정하지 마세요, 열쇠도 당신 손에 있으니까요.

스스로를 믿고 다시 한 번 시작해 보세요.

자아

모든 사람은 다만 자기의 앞만을 본다.

그러나 나는 자기의 내부를 본다.

나는 오직, 자기만이 상대인 것이다.

나는 항상 자기를 고찰하고 검사하고, 그리고 음미한다.

미셸 드 몽테뉴

미셸 드 몽테뉴 (Michel de Montaigne, 1533 – 1592)는 프랑스의 철학자이자
에세이스트로, 에세이 장르를 창시한 인물로 알려져 있다.

모두가 앞만 보고 나아가지만,

가끔은 당신 안을 들여다봐야 해요.

외부의 소음에 휘둘리지 말고,

자신을 고요히 음미하고 살펴보며 길을 찾으세요.

자기도취

자기도취적인 인간은 자기 스스로를 위하여
여러 가지 많은 물건을 획득하려고 관심을 갖는 것이 아니라
자기 자신을 칭찬하는 데 더욱 많은 관심을 갖는다.

에리히 프롬

에리히 프롬 (Erich Fromm, 1900 - 1980)은 독일 태생의 심리학자이자 사회 이론가,
철학자로, 현대 정신 분석학과 인간 존재의 본질에 대한 깊은 사유를 남긴 인물이다.

당신이 원하는 모든 것을 얻고자 할 때,

그 욕망 뒤에 숨은 진짜 마음을 살펴보세요.

자기 자신을 칭찬하는 데 더 관심이 가는 순간,

그 모든 것은 결국 공허함으로 돌아올 수 있어요.

자각

사람은 자신을 알지 않으면 안 된다.

그것이 진리를 발견하는 데 소용이 없다고 하더라도,

적어도 그의 생활을 통제하는 데 필요하다.

블레즈 파스칼

블레즈 파스칼 (Blaise Pascal, 1623 – 1662)은 프랑스의 수학자, 물리학자, 철학자로,
수학과 신학에 중요한 기여를 한 인물이다.

자신을 모른 채 걷는 길은,

끝없이 방황하는 길이 될 뿐입니다.

진리가 꼭 필요하지 않더라도,

자기 자신을 아는 것이야말로 삶을 이끄는 목적입니다.

본성

우리들은 타인에게 자기의 본성을 예감케 하고

자기는 타인의 본성을 예감하는 이상의 것은 불가능하다.

가장 중요한 것은 자기만의 빛을 간직하도록 노력하는 일이며,

이 노력을 사람들은 서로가 느끼고 사람마다 빛을 간직하면

반드시 밖으로 새어 나가리라.

알베르트 슈바이처

알베르트 슈바이처 (Albert Schweitzer, 1875 – 1965)는 독일 출신의 의사, 철학자, 신학자, 음악가이자 노벨 평화상 수상자이다.

타인을 이해하려면 먼저 자신을 잘 알아야 합니다.
우리가 다른 사람의 본성을 진정으로 파악할 수 있다는 건,
그만큼 우리가 자기 자신을 이해하고 인식할 때만이
더 나은 관계와 소통이 이루어진다는 것입니다.

감사의 힘은 관계를 따뜻하게 하고,

마음의 평화를 가져다줄 뿐만 아니라,

매일 감사하는 습관을 쌓아 가다보면

세상의 아름다움이 더 감동적으로 다가올 것입니다.

이 감동은 우리를 더 향기롭고 좋은 사람으로 만들고

삶을 더욱 풍요롭고 의미 있게 만들 것입니다.

우리가
행복해지기 위해
담아야 할 것들

2

감사하는 마음

감사하는 마음

　우리가 행복해지기 위한 가장 중요한 요소 중 하나는 바로 "감사하는 마음"입니다. 감사는 단순히 타인의 친절에 고마움을 느끼는 것을 넘어서, 우리 삶의 모든 순간과 경험에 긍정적인 시각을 갖게 합니다. 감사하는 마음은 우리는 일상 속에서 행복을 발견하고, 스트레스를 줄이며 심리적 안정감을 높일 수 있습니다.

　감사는 자기 자신과의 관계에서부터 시작됩니다. 자신을 인정하고 작은 성취에 감사할 줄 아는 태도는, 자연스럽게 타인에게도 그 감사를 표현할 수 있는 밑바탕이 됩니다. 자기 존중에서 비롯된 감사는 타인과의 관계에 긍정적인 영향을 미치며, 따뜻하고 진정성 있는 소통을 가능하게 하여 더욱 깊은 관계를 만들어갑니다.

　감사의 힘은 정신적인 차원에 그치지 않고, 신체와 정신 건강에도 큰 영향을 미칩니다. 심리학자들은 감사가 스트레스를 줄이고 우울증을 완화하는 중요한 요소라고 말합니다.

연구에 따르면, 매일 감사 일기를 쓰거나 감사하는 마음을 느끼는 것만으로도 삶의 만족도가 높아지고, 행복감이 증가한다고 말합니다. 감사는 우리가 가진 것에 대해 긍정적으로 생각하는 습관을 길러주어, 더 긍정적인 삶을 살게 합니다.

감사하는 마음을 일상에 실천하는 방법은 매우 간단합니다. 매일 아침, 하루를 시작하기 전에 감사할 수 있는 세 가지를 떠올려 보세요. 이러한 작은 습관은 감사의 마음을 자연스럽게 일상에 실천하는 데 도움을 줍니다. 즉, 작은 일에도 감사하는 습관이 생기면, 부족한 점 대신 주변에서 좋은 점을 더 잘 찾아볼 수 있게 되는 긍정의 관점이 만들어집니다.

감사를 표현하는 것 또한 중요한 실천입니다. "고맙습니다.", "감사합니다."라는 한 마디가 상대방에게 큰 힘이 될 수 있습니다. 감사는 단순한 예의가 아니라, 사람과 사람 사이의 관계를 더욱 깊고 의미 있게 만드는 중요한 요소입니다. 감사는 인간관계를 강화시키고, 우리 사회를 더 따뜻하고 긍정적인 공간으로 변화시킬 수 있습니다.

감사하는 마음은 예절이나 미덕을 넘어서, 우리의 삶을 풍요롭게 하고 긍정적인 에너지를 불러일으키는 힘입니다. 우리가 가진 것에 감사하고, 타인에게 감사하며, 자신에게 감사하는 마음을 지속적으로 훈련할 때, 우리는 진정한 행복을 경험할 수 있습니다. 감사는 작은 습관에서 시작하여 우리의 삶을 변화시키는 마음의 무기가 될 수 있음을 알아야 합니다.

감사

감사는 갚아야 할 의무지만,

어느 누구도 그것을 기대할 권리는 없다.

장 자크 루소

장 자크 루소 (Jean-Jacques Rousseau, 1712-1778)는 프랑스의 철학자이자 사상가로, 계몽주의 시대의 대표적인 인물 중 한 사람이다.

감사는 마음 속 깊은 곳에서 우러나오는 선물입니다.

그것은 갚아야 할 의무처럼 자연스럽게 주어지지만,

누구도 그에 대한 기대를 가져서는 안 됩니다.

오직 순수한 마음으로 나누어져야만 진정한 의미를 갖습니다.

은혜

나의 아들이여,

그대 만약 부모의 은혜를 느끼지 않는다면

그대의 친우가 될 사람은 하나도 없을 것이다.

왜냐 하면 부모의 은혜를 느끼지 않는 사람에게는,

친절을 베풀어도 무의함을 알기 때문이다.

소크라테스

소크라테스 (Socrates, 기원전 469-399)는 고대 그리스의 철학자로, 서양 철학의 기초를
놓은 인물로 평가받는다.

부모의 은혜를 모른다면,

진정한 친구도 얻을 수 없습니다.

그 사랑을 깨닫지 못한 사람에게,

친절은 결국 공허한 울림으로만 남을 뿐입니다.

감사

감사는 인간의 감정 중에서 가장 건강한 것이다.

여러분이 가진 것에 대해 더 많은 감사를 표할수록,

여러분은 더 많은 감사를 표할 가능성이 있을 것입니다.

지그 지글러

지그 지글러 (Zig Ziglar, 1926-2012)는 미국의 동기 부여 연설가이자 작가로, 긍정적인
삶의 태도와 자기 계발에 대한 열정적인 메시지로 유명하다.

감사는 마음을 건강하게 하는 가장 순수한 감정입니다.

갖고 있는 것에 감사할수록,

점점 더 많은 기쁨과 풍요로 다가올 것이며,

세상은 그 감사로 더욱 넉넉하고 풍성해질 것입니다.

감사

감사는 평범한 날들을 감사의 선물로 바꿀 수 있고,

일상적인 일들을 기쁨으로 바꿀 수 있으며,

평범한 기회들을 축복으로 바꿀 수 있다.

윌리엄 아서 워드

윌리엄 아서 워드 (William Arthur Ward, 1921-1994)는 미국의 저명한 작가이자 교육자로, 주로 긍정적인 생각과 희망, 격려의 메시지로 많은 사람들에게 영향을 끼친 인물이다.

감사는 평범한 하루를 특별한 선물로 바꿉니다.

일상의 순간을 기쁨으로 채우고,

흔한 기회를 축복으로 만들어줍니다.

감사의 마음이 있으면, 세상 모든 것이 아름답게 보입니다.

감사

만약 여러분이 모든 상황에서 좋은 것을 찾는 데

집중한다면 여러분의 삶이 갑자기 감사함,

즉 영혼을 키워주는 느낌으로

가득 찰 것이라는 것을 발견할 것이다.

랍비 해롤드 쿠슈너

랍비 해롤드 쿠슈너 (Rabbi Harold Kushner)는 미국의 유대교 랍비이자 작가로, 특히
신앙과 고통, 인생의 의미에 대한 깊은 탐구로 잘 알려져 있다.

모든 상황에서 긍정적인 면을 바라보면,
삶은 감사로 가득 차고, 마음은 따뜻하게 성장할 것입니다.
그 감사의 순간들이 영혼을 풍요롭게 하고,
우리는 삶의 진정한 아름다움을 깨닫게 될 것입니다.

감사

자기가 베푼 은혜에 대한 감사를 받으리라고
생각하고 있었던 것이 뜻밖으로 기대에 어긋나는 까닭은,
주는 사람의 오만과 받는 사람의 오만이 은혜의 가치를
한가지로 인정할 수 없게 만들기 때문이다.

프랑수아 드 라 로슈푸코

프랑수아 드 라 로슈푸코 (François de La Rochefoucauld, 1613-1680)는 프랑스의
귀족이자 철학자로, 주로 인간 본성과 사회적 위선에 대한 예리한 통찰로 잘 알려져
있다.

은혜는 주는 이와 받는 이의 마음에서 피어납니다.
주며 기대하는 오만이, 받으며 거절하는 오만을 만나면,
그 마음속 은혜는 사라지고, 기대는 허망하게 깨집니다.
진정한 감사는 서로의 겸손에서 꽃을 피우는 것입니다.

행복은 외부에서 오는 것이 아니라.

내면의 만족과 비움에서 시작됩니다.

물질적인 욕망은 잠시의 기쁨일 뿐.

진정한 행복은 만족과 비움에서 채워지는 것입니다.

마음의 행복을 추구하는 삶은

모든 것을 여유롭게 바라볼 수 있게 해주고.

비로소 풍요로운 삶을 살아가게 되는 지혜가 되는 것입니다.

우리가
행복해지기 위해
담아야 할 것들

검소하고
절제된 생활

검소하고 절제된 생활

행복은 외부의 물질적 요소나 사회적 인정에서 오는 것이 아니라, 내면의 평화와 균형에서 비롯됩니다. 오늘날 많은 사람들은 물질적 풍요와 외적인 성취를 통해 행복을 추구하지만, 과도한 소비와 욕망이 오히려 불행을 초래하는 경우가 많습니다.

그래서 우리가 행복해지기 위해 담아야 할 것들 중 하나는 바로 "검소하고 절제된 생활"입니다. 이는 물질적 욕망을 줄이고, 내면의 충족을 추구하는 삶의 태도라고 할 수 있습니다.

마슬로우의 욕구 단계 이론에 따르면, 기본적인 생리적 욕구가 충족된 후에는 자아실현을 추구해야 하며, 물질적 풍요는 자아실현과는 직접적인 관계가 없다고 합니다. 다시 말해, 인간은 끊임없이 더 많은 것을 추구하려는 성향을 지니고 있지만, 과도한 물질적 욕망이 충족되면 자아실현이나 정신적 만족을 느끼지 못할 수 있음을 암시합니다.

또한, 심리학에서 말하는 '심리적 적응' 현상에 따르면, 사람들은 새로운 물질적 자극에 빨리 적응하여 더 많은 소비를 추구하게 되고, 이는 결국 불행을 초래할 수 있다고 합니다.

이는 물질적 소비는 시간이 지날수록 그 효과가 줄어들며, 사람들은 계속해서 더 많은 것을 원하게 되어 결국 만족을 느끼지 못하게 된다는 의미입니다.

검소하고 절제된 생활은 이러한 심리적 과잉 소비에서 벗어나, 진정한 만족과 내면의 평화를 추구하는 방법입니다. 절제된 생활은 우리가 소유한 것에 대한 감사와 만족을 바탕으로 하며, 그것을 통해 보다 지속적인 행복을 느낄 수 있게 합니다. 검소함은 물질적 풍요가 아닌, 자아와의 평화, 내면의 충족감을 중시하는 태도를 기를 수 있도록 합니다.

이러한 검소한 삶은 스트레스 감소에 긍정적인 영향을 미칩니다. 물질적 욕망에서 벗어나 삶을 단순화시키면, 우리는 선택의 스트레스나 과잉 정보에 대한 부담에서 해방될 수 있습니다.
심리학적으로 단순화된 삶은 더 많은 자유와 자아실현을 가능하게 하며, 정신적으로 더 나은 상태를 유지하는 데 도움이 됩니다.
또한 자기 통제력은 행복과 밀접하게 관련이 있는데, 절제된 생활은 우리 자신을 더욱 잘 통제하고 불필요한 욕망에 휘둘리지 않게 합니다.

검소하고 절제된 생활은 단순히 물질적 소비를 줄이는 것이 아니라, 내면의 욕망을 조절하고 진정한 행복을 추구하는 길입니다. 과도한 소비와 욕망은 일시적인 만족을 줄 수 있지만, 그것이 지속적인 행복으로 이어지지 않음을 깨닫게 됩니다.
반면, 검소한 삶을 살면서 물질적 풍요보다는 내면의 충족과 평화를 중시하면, 우리는 더 깊은 행복을 경험할 수 있습니다. 이러한 삶은 스트레스를 줄이고 정신적 안정감을 키우는 데 도움이 되며, 궁극적으로 풍요롭고 만족스러운 삶을 향한 길로 이끌어 줍니다.

검소

인간의 상정은 검약하고 알뜰한 생활에서

사치한 생활로 변하는 것은 쉽지만,

한 번 사치에 익숙해진 사람이 절약하고

검소한 생활로 되돌아가는 것은 어렵다.

소학

소학 (小學)은 중국의 고전적 교육서 중 하나로, 주로 유교적 윤리와 도덕을 강조하며 청소년들의 도덕적 품성과 교육을 다루고 있다.

사치의 길은 달콤하지만, 돌아가기 어려운 길입니다.

검소한 삶에서 얻는 평화는 그보다 더 깊습니다.

풍요에 익숙해진 마음은 절제를 멀리하지만,

진정한 행복은 검약 속에 숨겨져 있음을 기억하세요.

절약

늘었을 때와 궁할 때를 대비해서,

할 수 있을 때 절약하라.

아침 해는 온종일 비치는 것이 아니다.

벤자민 프랭클린

벤자민 프랭클린 (Benjamin Franklin, 1706 - 1790)은 미국의 건국 아버지 중 한 명이자,
과학자, 발명가, 작가, 정치가, 외교관, 철학자로서 다양한 분야에서 중요한 기여를 한
인물이다.

젊음의 빛 아래, 아끼는 지혜를 품으세요.

넉넉한 날 속에, 절약의 씨앗을 심으세요.

아침 해는 영원히 머물지 않듯,

삶의 계절도 바뀌는 법이니 말입니다.

절약

남에게 의탁하지 않고 독립하기 위해 절약하는 일은

당연한 일이고도 남자다운 일이다.

당신이 가지고 있는 것은 무엇이든지 적게 소비하라.

새뮤엘 존슨

새뮤엘 존슨 (Samuel Johnson, 1709-1784)은 18세기 영국의 작가, 문학 비평가,
언어학자, 철학자이다.

독립적인 삶, 그것은 다른 사람에게
의지하지 않고 스스로 해결하는 것만을 의미하지 않습니다.
그것은 절약과 자제의 미덕을 통해
내가 가진 것들에 대한 존중을 배우는 과정이기도 합니다.

검소

가지고 싶은 것은 사지 마라.

꼭 필요한 것만 사라.

작은 지출을 삼가라.

작은 구멍이 거대한 배를 침몰시킨다.

벤자민 프랭클린

벤자민 프랭클린 (Benjamin Franklin, 1706 – 1790)은 미국의 건국 아버지이자
다방면에서 활동한 인물로, 과학자, 발명가, 작가, 정치가, 외교관으로 잘 알려져 있다.

욕망의 바람에 흔들리지 말고,

필요한 것만을 채우는 지혜를 가지십시오.

작은 지출이 큰 부담이 될 수 있음을 기억하고,

낭비를 삼가하며 삶을 지혜롭게 살아가야 합니다.

절제

절제는 성숙한 사람의 한 표시이다.

이것은 말하는 것과, 다른 사람을 대우하는 것,

그리고 몸의 욕구들을 다스리는 것에 적용된다.

조셉 B. 워슬린

조셉 B. 워슬린 (Joseph B. Wirthlin, 1917 - 2008)은 예수 그리스도 후기 성도 교회 (LDS 교회) 의 일원으로, 교회의 지도자이자 종교적인 연설가이다.

절제는 성숙한 마음의 빛이 되어
말 한마디에도 따뜻함을 담고
타인을 향한 손길에 배려를 더하며,
욕망을 다스려 마음의 평온을 찾는 길입니다.

욕구

나는 자신의 욕구들을 극복하는 이가

그의 대적들을 정복하는 이보다 더 용감하다고 생각한다.

왜냐하면 가장 힘든 승리는

자기 자신을 이기는 것이기 때문이다.

아리스토텔레스

아리스토텔레스 (Aristotle, BC 384 - 322)는 고대 그리스의 철학자이자 과학자로, 서양 철학과 과학의 기초를 확립한 인물이다.

자신의 욕망을 이긴 자가 진정으로 강한 사람이며,
내면의 싸움에서 승리한 자가 진정한 용기를 지닌 사람입니다.
외부의 적을 물리치는 것보다 자기 자신을 정복하는 것이
더 큰 승리임을 알아야 합니다.

칭찬은 사람의 마음을 따뜻하게 하고,

자아를 풍요롭게 하는 특별한 힘을 지니고 있습니다.

칭찬의 기쁨은 마치 행복을 키우는 씨앗과 같아서,

작은 긍정의 말이 마음속에 큰 변화를 일으킬 수 있습니다.

자신을 인정하고 타인을 존중하는 칭찬의 말은

우리가 더 따뜻하고 풍요로운 세상을 만들어가는 지혜가 될 것입니다.

우리가
행복해지기 위해
담아야 할 것들

4

칭찬의 즐거움

칭찬의 즐거움

우리가 행복해지기 위해 담아야 할 것들 중 하나는 "칭찬의 즐거움"입니다. 칭찬은 단순한 언어적 표현을 넘어 사람의 자아 존중, 정서적 안정감, 긍정적인 인간관계를 형성하는 데 중요한 역할을 합니다.

다른 사람에게 칭찬을 받으면 자신이 인정받고 있다는 느낌을 받게 되고, 이는 자아 가치가 확립되며 행복을 증진시키는 중요한 요소가 됩니다. 또한, 칭찬은 타인과의 긍정적인 상호작용을 통해 사회적 연결을 강화하고, 긍정적인 에너지를 서로에게 전달하는 중요한 도구가 됩니다.

심리학적으로 칭찬은 강화 효과를 주며, 긍정적인 행동을 반복하게 만드는 중요한 역할을 합니다. 칭찬을 받을 때 사람은 도파민이라는 행복 호르몬이 분비되어 기분이 좋아지고 자신감을 얻게 됩니다. 이러한 긍정적인 피드백은 사람들의 자아 존중을 높이고, 자기 신뢰를 강화하는 데 기여합니다.

그 결과, 칭찬은 행복을 위한 긍정적인 감정 순환을 만들어내며, 사람들은 점차적으로 행복한 삶을 살아갈 수 있습니다.

특히 칭찬은 자아 존중을 향상시키는 데 매우 효과적입니다. 칭찬을 받으면 사람은 자신의 가치를 확신하게 되고, 점차 자기 자신을 긍정적으로 바라보는 습관을 들이게 됩니다. 이는 자기 수용과 자기 사랑을 증진시키며, 자기 자신에 대한 믿음을 강화하는 데 중요한 역할을 합니다.

칭찬은 사회적 관계에서 긍정적인 상호작용을 증진시킬 뿐만 아니라, 서로에 대한 신뢰와 존경을 쌓는 데 중요한 역할을 합니다. 타인에게 진심 어린 칭찬을 주면, 상대방은 그 칭찬을 통해 감사와 존중을 느끼며, 이는 관계를 더욱 깊고 풍요롭게 만듭니다.

칭찬을 주고받는 관계는 서로에 대한 지지와 배려가 자연스럽게 이루어지며, 긍정적인 분위기가 형성됩니다. 이처럼 칭찬은 타인과의 사회적 관계에서 매우 중요한 기능을 합니다.

칭찬의 즐거움은 자기 존중감과 긍정적인 인간관계를 강화하는 중요한 방법입니다. 칭찬을 통해 우리는 자기 자신과 타인을 인정하고 존중하는 방법을 배우며, 이로써 행복을 더욱 깊고 풍성하게 경험할 수 있습니다. 칭찬은 단순한 언어의 표현을 넘어서 행동과 감정의 긍정적인 순환을 만들어냅니다.

칭찬을 일상 속에서 실천하고, 그로 인한 즐거움과 긍정적인 감정을 누릴 때, 우리는 더 의미 있고 행복한 삶을 살 수 있습니다. 칭찬의 힘이 긍정적인 변화를 일으키며, 지속적인 행복을 창출하는 데 중요한 역할을 한다는 사실을 잊지 말아야 합니다.

칭찬

나는 행위를 칭찬하지 않는다.

내가 칭찬하는 것은 인간의 정신이다.

행위는 정신의 겉옷에 지나지 않는다.

역사는 인간 정신의 낡은 탈의장에 지나지 않는다.

하인리히 하이네

하인리히 하이네 (Heinrich Heine, 1797-1856)는 독일의 시인, 작가, 저널리스트로,
낭만주의 문학의 중요한 인물 중 한 명이다.

우리는 선한 행동을 보면 칭찬하고,

잘못된 행동을 보면 비판합니다.

하지만 행위란 그저 스쳐가는 순간의 모습일 뿐,

보이지 않는 마음의 진실과 결을 볼 줄 알아야 합니다.

칭찬

남에게서 훌륭하다는 칭찬을 받기 위해서 살지 말라.

자기가 자신을 훌륭하다고 생각할 수 있게 살라.

남이 그대의 흉을 보는 것을 두려워하는 것은

허영에 지나지 않는다.

류시 마로리

류시 마로리 (Lucy Maud Montgomery, 1874 - 1942)는 캐나다의 작가로, 가장 잘 알려진 작품은 《앤 셜리》시리즈이다. 그녀의 작품은 주로 자연, 상상력, 성장 이야기와 관련된 내용이 많다.

남의 칭찬을 좇아 살지 말고,
자신이 스스로를 훌륭하다 느끼며 살아야 합니다.
남의 비난이 두렵다면,
그 마음은 허영에 불과함을 깨달아야 합니다.

65

칭찬

남의 좋은 점을 발견할 줄 알아야 한다.

그리고 남을 칭찬할 줄도 알아야 한다.

그것은 남을 자기와 동등한 인격으로

생각한다는 의미를 갖는 것이다.

요한 볼프강 폰 괴테

요한 볼프강 폰 괴테 (Johann Wolfgang von Goethe, 1749–1832)는 독일의 시인, 작가, 철학자, 자연과학자로, 독일 문학의 대표적인 인물이다.

남의 좋은 점을 발견하는 눈을 가지세요.
그리고 그 마음을 칭찬으로 표현하세요.
그것이 바로 타인을 나와 같은 인격으로
존중하고 이해하는 길임을 기억하세요.

칭찬

자기 자신을 칭찬하는 것은
극히 드문 경우를 제외하고는 흉한 일이다.
그러나 자기의 임무나 직업을 칭찬하는 일은 점잖고
일종의 아량을 보이는 것이 된다.

프란시스 베이컨

프란시스 베이컨 (Francis Bacon, 1561 - 1626)은 영국의 철학자, 과학자, 정치가이자
근대 과학 방법론의 선구자로 널리 알려져 있다.

자기 자신을 칭찬하는 것은 쉽지 않은 일입니다.
그럼에도 불구하고 자신을 아낌없이 칭찬하는 것은
우아한 겸손 속에서 자아를 존중하는 마음을 보이고,
그것은 다른 이에게도 아량을 전하는 길이 됩니다.

칭찬

칭찬하는데 지체하지 말라.

사람들은 자기를 칭찬해 주는 사람들을 칭찬한다.

B. M. 바루치

B. M. 바루치 (Benedetto Maria Barucci, 1882 - 1961)는 이탈리아의 철학자이자
교육학자로, 교육과 인간 발전에 대한 깊은 통찰을 가진 인물이다.

칭찬은 마음의 꽃을 피우는 씨앗입니다.
지체하지 말고 그 꽃을 먼저 피워주세요.
사람들은 자신을 인정해주는 이들에게 더 따뜻한 마음을 보내고,
그 따뜻함 속에서 우리는 더 많은 사랑을 받게 됩니다.

칭찬

사람들은 누구나 다른 사람들의 인정을 받고 싶어 한다.

남들의 좋은 점만을 보고 기회 있을 때마다 칭찬 해 주기를

결심한다면, 상대방은 기분이 무척 좋아질 것이고,

우리도 그 덕을 볼 수 있게 될 것이다.

앤드류 매튜스

앤드류 매튜스 (Andrew Matthews)는 유명한 자기계발 작가이자 강연자이다. 《행복은 당신의 선택이다》, 《당신의 삶을 바꾸는 책》은 전 세계적으로 많은 사람들에게 영향력을 미쳤다.

우리는 모두 다른 사람들의 인정 속에서 빛을 찾습니다.

남의 장점을 바라보고, 그 따스한 빛을 칭찬으로 전한다면,

상대의 마음은 따뜻하게 열리고, 그 온기를 느끼게 될 것입니다.

칭찬이 만들어내는 기적은 우리 모두를 행복하게 만드는 것입니다.

몸은 마음의 그릇이자, 존재의 근원이 됩니다.

건강은 삶의 조화를 이루는 근본적인 질서입니다.

스스로를 돌보는 행위는 자기 존재에 대한 사랑이자 존중이며,

몸과 마음이 서로 조화롭게 어우러질 때,

우리는 진정한 존재의 의미를 깨닫게 되는 것입니다.

우리가
행복해지기 위해
담아야 할 것들

5

나의 몸 돌보기

나의 몸 돌보기

우리가 행복해지기 위해 담아야 할 것들 중 하나는 "나의 몸 돌보기"입니다. 몸은 우리가 느끼는 행복과 직결되는 중요한 요소로, 신체적 건강이 정신적, 정서적 안정에 깊은 영향을 미친다는 것은 많은 심리학 연구에서 입증되었습니다. 몸이 건강하지 않거나 지치면 우리의 기분과 감정도 부정적인 영향을 받을 수 있습니다.

반면, 규칙적인 운동, 균형 잡힌 식사, 충분한 휴식은 몸뿐만 아니라 마음의 건강도 증진시킬 수 있습니다. 이처럼 몸을 돌보는 것은 단순히 외적인 건강을 넘어, 행복한 삶을 위한 필수적인 기반이 됩니다.

심리학적으로, 몸과 마음은 서로 밀접하게 연결되어 있다는 점이 중요합니다. 신체 건강이 좋을 때 우리는 더 많은 에너지를 느끼며, 이로 인해 긍정적인 감정과 자기 자신에 대한 만족감이 생깁니다. 반대로 신체적으로 피곤하거나 아플 때는 쉽게 스트레스를 받거나 우울감을 느낄 수 있습니다. 운동은 특히 스트레스 호르몬인 코르티솔을 낮추고, 행복 호르몬인 도파민과 세로토닌을 증가시키는 효과가 있습니다.

이와 같은 생리적 변화는 우리의 정서적 안정과 행복감에 직결됩니다. 따라서 신체의 건강을 챙기는 것은 우리가 긍정적인 감정을 유지하고 스트레스를 관리하는 데 중요한 역할을 합니다.

또한, 신체적 활동은 자아 존중을 높이는 데도 크게 기여를 합니다. 규칙적인 운동과 건강한 식습관은 우리가 자신을 돌보고 있다는 느낌을 줍니다. 이를 통해 자기 효능감이 증진되고, 자기 존중을 확립할 수 있습니다.

자신의 몸을 돌보는 것은 자기 사랑의 표현이기도 하며, 이를 통해 자기 자신을 긍정적으로 바라보는 습관을 기를 수 있습니다. 이는 결국 정신적 안정과 행복을 유지하는 데 중요한 요소가 됩니다.

몸을 돌보는 또 다른 중요한 측면은 충분한 휴식과 수면입니다. 몸은 일정한 휴식과 회복 시간이 필요합니다. 충분한 수면은 뇌와 신체를 회복시키고, 감정적으로 안정된 상태를 유지하게 합니다. 수면 부족은 쉽게 불안감을 증대시키고, 정서적인 균형을 무너뜨릴 수 있기 때문에, 질 좋은 수면을 취하는 것이 매우 중요합니다. 이는 우리가 매일의 스트레스를 효과적으로 다루고, 긍정적인 태도로 하루를 시작할 수 있도록 돕습니다.

나의 몸 돌보기는 행복한 삶을 위한 필수적인 요소입니다. 신체적인 건강은 우리의 정신적 안정과 정서적 행복을 지탱하는 중요한 토대가 됩니다. 몸을 돌보는 것은 자기 사랑을 실천하는 방법이며, 이를 통해 우리는 자기 효능감을 강화하고, 긍정적인 감정과 행복을 유지할 수 있습니다. 몸과 마음이 함께 건강할 때, 우리는 더욱 풍요롭고 의미 있는 삶을 살아갈 수 있습니다.

건강

건강은 참으로 귀중한 것이다. 이것은 실로,

사람들이 그 추구를 위하여 다만 시간뿐 아니라

땀이나 노력이나 재보까지도, 아니 생명까지도

소비할 값어치가 있는 유일한 것이다.

미셸 드 몽테뉴

미셸 드 몽테뉴 (Michel de Montaigne, 1533 - 1592)는 프랑스의 철학자이자, 자기 자신을 탐구하고 인간의 본성에 대해 깊이 성찰하며, 심리학적 통찰을 제공한 점에서 큰 영향을 준 인물이다.

우리는 건강을 잃고 병이 들고 나서야,
그동안 지켜야 했던 것을 놓쳐버린 것에 후회를 합니다
건강을 지키기 위한 노력은 나를 사랑하는 길이자,
내 삶을 존중하는 지혜임을 깨달아야 합니다.

건강

건강의 유지는 우리들의 의무이다.

생리학적 도적이라고 해야 할 것이

존재하는 것을 아는 사람은 극히 드물다.

허버트 스펜서

허버트 스펜서 (Herbert Spencer, 1820 – 1903)는 영국의 철학자이자 사회학자로, 진화론과 자유주의 사상을 발전시킨 인물이다.

건강을 지키는 것은 우리의 책임이자 의무입니다.
비록, 우리 존재의 진정한 가치를 깨닫는 이들은 드물지만,
그럼에도 자신의 삶을 소중히 여기며 몸과 마음을 균형 있게
돌보는 일은 참된 행복과 깨달음의 지혜입니다.

건강이 있으면 아마 행복할 것이고,

건강과 행복이 있으면 원하는 전부는 아니더라도

필요한 모든 부를 가진 것입니다.

엘버트 허버드

엘버트 허버드 (Elbert Hubbard, 1856 - 1915)는 미국의 작가이자 출판인, 철학자로, 개인주의와 자립을 강조한 작품들로 잘 알려져 있다.

건강이 함께한다면 행복도 따르고,

행복이 가득하면 삶에 필요한 모든 것이 채워집니다.

원하는 것은 다 얻지 못할지라도,

필요한 부는 이미 내 안에 있음을 알아야 합니다.

음식

잘 먹는 기술은 결코 하찮은 기술이 아니며,

그로 인한 기쁨은 작은 기쁨이 아니다.

미셸 드 몽테뉴

미셸 드 몽테뉴 (Michel de Montaigne, 1533 – 1592)는 프랑스의 철학자이자 작가로,
주로 에세이 (Essays)라는 작품을 통해 알려져 있다.

잘 먹는 일은 건강을 빚는 손길과 같습니다.
좋은 음식을 먹는 한입 한입에 생명이 춤을 추고,
소박한 식탁 위의 기쁨과 행복 속에서
우리의 몸과 마음은 건강한 삶을 누릴 것입니다.

음식

잘 먹지 않으면 잘 생각할 수 없고,

잘 사랑할 수 없으며,

잘 잘 수 없다.

버지니아 울프

버지니아 울프 (Virginia Woolf, 1882 – 1941)는 영국의 소설가이자 에세이스트로, 20세기 문학에서 중요한 역할을 한 인물이다.

잘 먹지 않으면 마음도 메마르고,
생각의 날개는 무거워집니다.
잘 먹지 않으면 사랑은 빛을 잃고,
잠들지 못한 밤은 깊어갈 수밖에 없습니다.

음악

충분히 깊게 관찰하라.

그러면 음악적으로 보인다.

자연의 심장은 모든 부분이 바로 음악이다.

만약 당신이 그 곳까지 도달할 수만 있다면.

토머스 칼라일

토머스 칼라일 (Thomas Carlyle, 1795-1881)은 스코틀랜드 에클펜에서 태어난 영국의
철학자, 역사가, 평론가이다.

깊이 관찰하면, 세상은 하나의 아름다운 교향곡이 됩니다.

자연의 모든 생명체가 조화로운 리듬으로 연주하고,

그 경이로운 울림에 귀 기울일 수만 있다면,

세상의 모든 소리는 하나의 아름다운 선율로 다가올 것입니다.

사랑은 곱셈처럼, 나누는 순간마다 더 풍성해지고,
나눔은 나눗셈처럼, 내가 가진 것과 상관없이
계속해서 넉넉하게 돌아옵니다.
진정한 나눔은 내가 가진 것을 모두 주는 것이 아니라,
누군가에게 진정으로 필요한 것을 주는 데서 시작합니다.

우리가
행복해지기 위해
담아야 할 것들

나눔의 기쁨을
누리기

나눔의 기쁨을 누리기

우리가 행복해지기 위해 담아야 할 것들 중 하나로 "나눔의 기쁨을 누리기"를 꼽을 수 있습니다. 나눔은 단순히 재화나 자원을 나누는 행위가 아니라, 타인과 관계를 맺고 소통하며 얻는 정서적 만족과 깊은 연대감에서 오는 기쁨입니다.

인간은 본래 사회적 존재로서 다른 사람과의 상호작용을 통해 행복을 느끼도록 되어 있으며, 나눔은 바로 이러한 인간 본성에 맞닿아 있어 삶을 더욱 풍요롭고 의미 있게 만들어 줍니다.

심리학적으로 나눔이 주는 행복감에는 긍정적 신경전달물질이 작용합니다. 연구에 따르면, 우리가 타인을 위해 자원을 나눌 때 뇌에서 도파민과 옥시토신 같은 '행복 호르몬'이 분비됩니다.

이러한 호르몬은 우리가 단순히 물질적 소비를 할 때보다 더 깊은 만족을 가져다주며, 순간의 기쁨에 그치지 않고 오랫동안 우리 마음에 긍정적 영향을 남깁니다. 이렇게 타인에게 베푸는 나눔의 행위는 결국 우리 스스로를 행복하게 만드는 강력한 기제로 작용합니다.

나눔이 주는 기쁨은 또한 우리의 자아 존중을 높이는 중요한 요소가 됩니다. 사회적 관계 이론에 따르면 인간은 다른 사람과의 상호작용을 통해 자신의 가치를 확인하게 되는데, 특히 타인에게 도움을 주었을 때 "나는 필요한 존재이다"라는 긍정적인 자기 인식을 가질 수 있게 됩니다. 이런 경험은 자신의 가치를 더욱 소중히 여기게 하고, 삶의 의미를 찾는 데 중요한 역할을 합니다. 나눔을 실천하면서 자아 존중감이 높아지고, 나 자신을 긍정적으로 바라볼 수 있는 힘이 생깁니다.

또한 나눔을 통해 우리는 다른 사람과의 관계를 돈독히 하며 사회적 유대감을 강화하게 됩니다. 현대 사회에서 외로움과 고립감은 중요한 심리적 문제로 떠오르고 있는데, 나눔을 통해 우리는 다른 사람과의 정서적 연결을 경험하고 서로에게 의지할 수 있는 연대감을 느끼게 됩니다. 나눔을 실천하는 과정에서 타인과의 관계가 깊어지고, 그로 인해 우리는 심리적으로 안정감을 얻으며 삶의 만족도가 높아집니다.

나눔의 기쁨은 일시적 행복을 넘어 장기적인 행복을 만들어 줍니다. 개인적 욕구를 충족시키는 소비에서 느끼는 즐거움은 짧지만, 타인과 나누는 경험은 우리의 삶에 지속적 의미와 만족을 더해줍니다. 나눔을 통해 우리는 순간적인 즐거움이 아닌 더 깊고 진정성 있는 행복을 얻을 수 있으며, 그 행복은 시간이 지나도 우리 내면에 남아 삶을 더 풍요롭게 만듭니다.

우리가 행복해지기 위해 담아야 할 것 중 하나로 나눔의 기쁨을 실천하는 것은 필수적입니다. 나눔을 통해 우리는 자아 존중과 연대감을 키우며, 행복이 타인에게도 전파되는 긍정적인 변화를 경험하게 됩니다. 나눔은 우리의 삶을 의미 있고 충만하게 만들어 주는 중요한 요소로, 진정한 행복을 이루는 데 없어서는 안 될 가치입니다.

도움

___

약한 자를 구원하는 것만으로 충분한 것은 아니다.
그 후에도 계속해서 지지해 주지 않으면 안 된다.

윌리엄 셰익스피어

윌리엄 셰익스피어 (William Shakespeare, 1564-1616)는 영국의 극작가, 시인으로,
햄릿, 로미오와 줄리엣, 맥베스 등 전 세계적으로 사랑받는 작품들을 남긴 인물이다.

약한 자를 구원하는 것만으로는 충분하지 않습니다.

그들의 삶에 지속적인 지지가 필요합니다.

어떤 순간에도 손을 내밀어 주고,

그들이 다시 일어설 수 있도록 함께 걸어가야 합니다.

도움

고뇌하는 사람에게 줄 수 있는 가장 올바른 도움은

그 사람의 무거운 짐을 제거해 주는 것이 아니고,

그 사람이 그것에 견뎌 내게끔 그 사람의 최상의

에너지를 불러일으켜 주는 일이다.

카를 힐티

카를 힐티 (Carl Hilty, 1833 – 1909)는 스위스의 철학자이자 법학자로, 주로 인간의 삶과 도덕적 삶에 대한 깊은 통찰을 제시한 작가이다.

고뇌하는 이에게 필요한 것은 짐을 대신 지는 것이 아닙니다.
그들의 내면에서 싸울 힘을 일깨워주는 것이 진정한 도움이 됩니다.
무거운 짐을 함께 나누기보다는, 그들이 그 짐을 이겨낼 수 있도록
용기와 에너지를 불어넣어 주어야 합니다.

봉사

봉사하라.

그러면 당신은 봉사 받게 될 것이다.

사람들을 사랑하고 그들에게 봉사한다면

당신은 꼭 보상받을 것이다.

랄프 왈도 에머슨

랄프 왈도 에머슨 (Ralph Waldo Emerson, 1803 – 1882)은 미국의 철학자, 시인, 에세이스트로, 초 자연, 자아실현, 인간의 직관적 지혜를 중시하는 철학을 제시한 인물이다.

진정한 봉사는 끝없이 돌아오는 선물입니다.

사람들에게 나누는 사랑과 헌신은

언젠가 당신에게 보답의 형태로 돌아옵니다.

결국, 세상에 베푼 마음은 당신을 풍요로움으로 채워 줄 것입니다.

나눔

기쁜 일은 서로의 나눔을 통해 두 배로 늘어나고,

힘든 일은 함께 주고받으며 반으로 줄어든다.

존 포웰

존 포웰 (John Powell, 1930 - 2021)은 미국의 심리학자이자 작가로, 주로 인간관계와 개인의 성장에 관한 주제로 많은 저서를 남긴 인물이다.

기쁨은 나누면 두 배로 커지고,
고통은 함께 나누면 반으로 줄어듭니다.
서로의 기쁨을 나누면 우리는 더욱 풍성해지고,
서로의 고통을 나누면 우리는 더욱 평안해집니다.

자선

자선이라는 덕성은 이중으로 축복받는 것이요,

주는 자와 받는 자를 두루 축복하는 것이니,

미덕중에 최고의 미덕이다.

윌리엄 셰익스피어

윌리엄 셰익스피어 (William Shakespeare, 1564 - 1616)는 영국의 극작가이자 시인으로, 전 세계에서 가장 영향력 있는 문학 인물 중 한 명이다.

자선은 주는 이와 받는 이 모두를 풍요롭게 합니다.
그 마음에서 피어나는 축복은 두 배로 돌아옵니다.
사랑을 나누는 것이야말로 가장 고귀한 미덕이자,
세상의 진정한 아름다움을 완성하는 길입니다.

나눔

내 삶은 내적이든 외적이든

다른 사람들의 노동에 의지하고 있다.

따라서 내가 받았고, 여전히 받은 만큼

다른 사람에게 주어야 한다.

알베르트 아인슈타인

알베르트 아인슈타인 (Albert Einstein, 1879 ‒ 1955)은 독일 출신의 이론 물리학자로, 상대성 이론으로 가장 잘 알려져 있는 인물이다.

우리의 삶은 다른 이들의 노력으로 이루어져 있습니다.
받은 만큼, 우리는 그들에게 보답해야 할 책임이 있습니다.
우리가 누린 모든 것은 결국 누군가의 헌신에서 비롯된 것이기에,
그 사랑과 배려를 세상에 다시 나누어야 합니다.

자연은 인간의 숨결을 품고 있는 어머니와 같습니다.
그 품에 안길 때마다 우리는 새로운 생명의 기운을 느끼며,
마치 다시 태어나는 듯한, 벅찬 마음을 가지게 됩니다.
바람은 우리의 마음을 부드럽게 어루만지고,
강물은 잔잔히 흐르며 삶의 짐을 씻어내고,
푸른 하늘과 고요한 땅은 우리에게 온전한 평화를 선물합니다.
자연과 인간은 하나의 시가 되어, 서로를 노래하며 존재합니다.

우리가
행복해지기 위해
담아야 할 것들

7

자연과의 어울림

자연과의 어울림

　우리가 행복해지기 위해 담아야 할 것들 중 "자연과의 어울림"은 매우 중요한 요소입니다. 자연과의 연결은 단순히 외부 환경의 변화가 아니라, 인간의 심리적, 정서적, 신체적 건강에 깊은 영향을 미치는 중요한 부분입니다. 현대 사회에서 도시화와 기술의 발전으로 자연과의 거리가 멀어졌지만, 자연과의 교감은 인간에게 진정한 행복과 안정감을 가져다주는 중요한 기회를 제공해주고 있습니다.

　자연 속에서 시간을 보내는 것은 심리학적으로 매우 긍정적인 영향을 미칩니다. 연구에 따르면 자연 속에 있을 때 스트레스 수준이 낮아지고, 긍정적인 감정이 증가한다고 합니다. 이는 자연이 인간에게 본능적으로 안정감을 주기 때문입니다.

　자연은 사람들에게 생명력과 치유의 에너지를 전달하며, "자연 회복력"이라고 불리는 현상이 실제로 우리의 심신을 회복시켜주고, 더 평화롭고 정서적으로 안정된 상태로 만들어 준다고 합니다. 특히 산책이나 하이킹을 하게 되면 신체의 엔도르핀 분비가 촉진되어, 기분이 좋아지는 효과를 경험할 수 있습니다.

자연과의 어울림은 정신적 건강을 향상시키는 데 큰 도움을 줍니다. 자연 속에서 시간을 보내는 것만으로도 우울증, 불안, 스트레스를 완화하는 데 긍정적인 영향을 미친다는 연구 결과가 많습니다. 그만큼 자연은 우리의 정신을 정화시켜 주고, 복잡한 생각들을 잠시 멈추게 해 주는 역할을 합니다.

이를 통해 사람들은 내면의 평화를 찾고 자신을 더 잘 이해하며 받아들이는 과정이 이루어집니다. 이와 같은 경험은 인간이 자신의 삶을 더 잘 살아갈 수 있게 도와줍니다.

자연은 창의력과 문제 해결 능력에도 긍정적인 영향을 미칩니다. 자연 속에서의 시간은 뇌를 재충전시키고, 새로운 아이디어와 통찰을 떠오르게 합니다. 특히 자연을 걸으면서 사색하는 동안, 일상의 복잡함에서 벗어나 더 넓은 시각으로 문제를 바라볼 수 있는 기회를 제공합니다. 자연은 창의적인 사고를 촉진시키고, 문제 해결의 실마리를 찾는 데 큰 도움이 됩니다.

마지막으로, 자연 속에서 보내는 시간은 자기 성찰과 내면의 성장을 돕습니다. 자연은 그 자체로 하나의 거울처럼 작용하여, 우리가 현재의 삶에서 느끼는 갈등이나 불안을 해소할 수 있게 합니다. 혼자 자연을 걸으며 사색하는 시간은 자신을 돌아보고, 중요한 삶의 가치를 재정립할 수 있는 기회를 제공합니다.

자연은 단순한 외부 환경을 넘어서 우리의 심리적, 정서적, 신체적 건강을 증진시키는 강력한 원천입니다. 현대 사회에서 자연과의 연결을 의식적으로 회복하고 강화하는 것은 행복한 삶을 위해 꼭 필요한 방법이며, 자연에서 보내는 시간은 우리가 더 건강하고 창의적이며 사회적으로 유대감이 깊은 삶을 살아가는 데 도움을 줄 것입니다.

자연

인간은 타락했지만, 자연은 언제나 똑바로 서서

인간이 아직 신성한 감정을 가지고 있는지 없는지를

살피는 특이한 온도계로서 봉사한다.

랄프 왈도 에머슨

랄프 왈도 에머슨 (Ralph Waldo Emerson, 1803 – 1882)은 미국의 철학자이자 작가,
시인으로, 초월주의 운동의 중요한 인물이다.

인간은 흔들리지만, 자연은 언제나 그대로 존재합니다.
자연은 우리가 신성을 잃지 않았는지 살펴보는 거울과 같으며,
그 속에서 우리는 진정한 감정을 되찾습니다. 그 만큼,
자연은 우리에게 내면을 되돌아보게 하는 단단한 존재인 것입니다.

자연

두렵거나 외롭거나 불행한 사람들에게

가장 좋은 치료법은 바깥으로 나가는 것이다.

그들이 조용할 수 있는 곳에,

하늘과 자연과 하나님과 단둘이 있는 곳에 가는 것이다.

그래야 모든 것이 원래대로 된다고 느끼기 때문이다.

안네 프랑크

두렵고 외로운 마음에는 자연이 가장 큰 치료가 됩니다.

조용한 곳에서 하늘과 자연, 신과 단둘이 있을 때,

우리는 잃어버린 평화를 다시 찾을 수 있으며,

진정한 치유와 안정감을 얻을 수 있을 것입니다.

자연

자연은 무엇인가 잘못되었다고 사과하는 일이 절대로 없다.

자연 자신은 결과로서 모든 일에 있어서 과오가 없다.

영원히 바르게 행동하는 이외에는 행할 바를 모르는 것이다.

요한 볼프강 폰 괴테

요한 볼프강 폰 괴테 (Johann Wolfgang von Goethe, 1749 – 1832)는 독일의 작가, 시인, 철학자, 자연과학자로, 독일 문학과 세계 문학에 지대한 영향을 미친 인물이다.

우리는 불완전한 존재이기에
시행착오를 겪고 후회하며 살아갑니다.
그러나 자연은 자신의 행위에 변명하거나 후회하지 않습니다.
자연은 완벽한 조화를 이루며 그 자체로 진리를 말할 뿐입니다.

휴식은 어리석은 것이 아니다.

그리고 한 여름 나무 그늘 밑 잔디에 누워

졸졸 흐르는 물소리를 들으며 하늘을 떠다니는

구름을 보는 것은 결코 시간 낭비가 아니다.

존 L. 롭복

존 L. 롭복 (John Lubbock, 1834 – 1913)은 영국의 과학자, 정치인, 작가로, 자연사와 고고학 분야에서 중요한 업적을 남겼으며, 자연과의 교감을 중요시한 사상으로 유명하다.

휴식은 결코 어리석은 일이 아닙니다.
여름의 나무 그늘 아래, 물소리와 구름을 바라보는 시간은
우리에게 필요한 휴식과 마음의 치유를 가져다줍니다.
그 순간이 바로 진정한 삶의 여유이자, 소중한 시간입니다.

사색

사색을 포기하는 것은 정신적 파산선고와 같다.

자기의 사색으로 진리를 인식할 수 있다는

확신을 잃었을 때 회의가 시작된다.

알베르트 슈바이처

알베르트 슈바이처 (Albert Schweitzer, 1875 - 1965)는 독일 출신의 의사, 신학자, 음악가, 철학자로, 아프리카 가봉에 병원을 세우고 의료 봉사에 헌신해 노벨 평화상을 받았다.

사색을 멈추는 것은 정신의 고갈을 의미합니다.

자신의 생각으로 진리를 깨닫는 믿음을 잃으면,

그때부터 회의와 혼란이 시작됩니다.

따라서 사색은 우리의 정신을 지키는 필수적인 존재입니다.

여행

여행은 경치를 보는 것 이상이다.

여행은 깊고 변함없이 흘러가는

생활에 대한 생각의 변화이다.

미리엄 브래드

미리엄 브래드 (Miriam Beard)는 미국의 작가이자 역사학자이며, 특히 역사와 문화에
대한 통찰력 있는 글로 알려져 있다.

여행은 단순히 경치를 보는 것이 아니라,
경치와 풍경보다 중요한
삶의 새로운 관점을 배우는 과정과
그 여행 속에서 얻는 마음의 변화입니다.

용서와 존중은
타인에게서 요구되거나 얻어지는 것이 아니라,
자신을 소중히 여기고 인정하는 데서 시작합니다.
자신을 진심으로 용서하고 존중하는 법을 배울 때,
포용할 수 있는 지혜로운 깨달음을 얻는 것입니다.
결국, 용서와 존중의 마음은 우리 공동체의 삶의 질과
마음의 풍요로움으로 이끌어줄 것입니다.

우리가
행복해지기 위해
담아야 할 것들

8

용서와 존중하는
마음

용서와 존중하는 마음

우리가 행복해지기 위해 담아야 할 중요한 가치 중 하나는 바로 "용서와 존중하는 마음"입니다. 인간은 사회적 존재로서 타인과의 관계 속에서 살아가며, 이 과정에서 불가피하게 갈등과 마주하게 됩니다.

갈등의 해결은 단지 상황을 넘기는 것이 아니라, 우리의 내면적인 평화를 위한 중요한 과정입니다. 용서와 존중을 통해 우리는 내적인 평화를 이루고, 그로 인해 지속적인 행복을 누릴 수 있습니다.

용서란 단순히 누군가의 잘못을 '허용'하는 것이 아니라, 우리 자신의 마음속에서 부정적인 감정, 분노, 원한, 미움을 내려놓는 과정입니다. 연구에 따르면, 용서를 하지 못한 사람은 지속적으로 부정적인 감정을 품고 있으며, 이는 신체적으로도 영향을 미친다고 합니다.

스트레스와 불안은 장기적으로 면역 체계를 약화시키고, 심혈관 질환을 비롯한 다양한 건강 문제를 유발할 수 있습니다.

존중은 타인에 대한 인정과 가치를 부여하는 마음가짐입니다.

124

사람은 누구나 존중받기를 원하며, 존중은 상호 신뢰와 유대감을 형성하는 데 필수적인 요소입니다. 심리학적으로 존중은 자기 존중과도 연결됩니다. 다른 사람을 존중하는 태도는 곧 자신을 존중하는 것과도 관련이 있으며, 이러한 태도는 우리의 자신감과 자존감을 높이는 데 도움을 줍니다. 자신을 존중하는 사람은 타인도 자연스럽게 존중하게 되며, 이는 관계의 질을 향상시킵니다.

존중은 갈등 상황에서 특히 중요한 역할을 합니다. 갈등을 겪을 때, 서로를 존중하는 마음을 가진 사람들은 상대방의 의견을 경청하고, 차이를 인정할 수 있습니다. 존중은 단지 말로 표현되는 것이 아니라, 행동과 태도로 나타납니다. 상대방을 인정하고, 그들의 권리와 감정을 존중할 때 우리는 깊은 유대감을 형성할 수 있습니다.

용서와 존중을 실천하는 것은 결코 쉬운 일이 아닙니다. 특히, 우리가 상처를 받은 경험이 깊을수록 용서하기 어려운 경우가 많습니다. 하지만, 이 두 가지를 실천하는 것은 우리의 행복을 위한 중요한 과정입니다.
용서를 시작하기 위해서는 우선 감정적으로 자각하는 과정이 필요합니다. 우리가 상처받았던 감정을 정확히 인식하고, 그것이 우리에게 미친 영향을 돌아보며, 그 감정을 놓아주기로 결단하는 것이 그 첫 걸음입니다.

용서와 존중을 실천할 때, 우리는 감정적으로 더 자유로워지고, 타인과의 관계에서 더 큰 만족감을 느낍니다. 용서를 통해 내면의 평화를 얻고, 존중을 통해 인간관계의 깊이를 더할 때, 우리는 진정한 행복을 경험하게 될 것입니다. 용서와 존중은 단순한 사회적 덕목이 아니라, 우리의 정신적, 신체적 건강을 지키고, 삶의 질을 높이는 중요한 요소임을 깨달아야 할 것입니다.

용서

진실로 시간이 귀한 줄을 아는 현명한 자는

용서하는데 지체하지 않는다.

용서하지 못하는 불필요한 고통으로

헛된 시간을 낭비하지 않기 때문이다.

새뮤얼 존슨

새뮤얼 존슨 (Samuel Johnson, 1709-1784)은 영국의 작가, 사전 편집자, 철학자입니다.
그는 영어 사전을 편찬한 했으며, 풍자와 인생에 대한 깊은 통찰을 담은 에세이와 문학
작품을 남겼다.

용서는 상대를 위한 것이 아니라, 나를 위한 선택이며,

시간을 소중히 여기는 사람일수록 감정을 다스릴줄 알고,

미움과 증오로 스스로를 괴롭히지 않습니다.

이는 시간과 삶을 가장 지혜롭게 사용하는 방법입니다.

용서

우리는 용서하는 능력을 발전시키고 유지해야만 한다.

용서할 능력이 없는 자는 사랑할 능력도 없다.

우리의 최악 가운데도 선한 것이 있고,

우리의 최선에도 악이 있다. 우리가 이것을 발견할 때,

우리는 우리의 적을 덜 미워하게 된다.

마틴 루터 킹

마틴 루터 킹 (Martin Luther King Jr. 1929-1968)는 미국의 민권 운동가이자 목사이다. 그는 비폭력적인 방법으로 인종 차별 철폐와 시민 권리 향상을 위해 싸웠다.

용서는 사랑의 시작입니다.

선과 악이 우리 안에 공존함을 알게 될 때,

우리는 타인을 덜 미워하고 더 깊이 이해할 수 있습니다.

이해는 마음을 연결하는 가장 큰 힘이 되는 길입니다.

너그러움

공손함이 있으면 다른 사람을 업신여기지 않고,

너그러우면 뭇사람들의 마음을 얻게 되고,

신실하면 남들이 의지하고, 민첩하면 공이 있고,

은혜로우면 충분히 사람을 부릴 수 있다.

논어

논어(論語)는 공자孔子와 그의 제자들이 나눈 대화를 기록한 중국 고전으로, 유학의
핵심적인 경전 중 하나이다.

공손함은 존중을 키우고,
너그러움은 마음을 얻습니다.
신실함은 신뢰를 낳고, 민첩함은 성과를 이룹니다.
은혜로움은 사람들의 마음을 움직이는 힘이 됩니다.

관용

관용이란 무엇인가. 그것은 인간애의 소유이다.

우리는 모두 약함과 과오로 만들어져 있다.

우리는 어리석음을 서로 용서한다.

이것이 자연의 제1법칙이다.

볼테르

볼테르 (Voltaire, 1694 - 1778)는 프랑스의 철학자, 작가, 역사학자이자 계몽주의 운동의 핵심 인물 중 한 명이다.

우리는 모두 완벽하지 않습니다.
실수를 저지르고, 때론 어리석은 선택을 하며 살아갑니다.
그렇기에 관용은 인간 사이의 가장 기본적인 덕목이자,
우리를 인간답게 만드는 가장 아름다운 미덕입니다.

존중

타인의 신념을 존중하라.

그것이 그가 믿기 위해 가진 전부이다.

헨리 S. 해스킨스

헨리 S. 해스킨스 (Henry S. Haskins, 1875 – 1957)는 미국의 작가이자 법학 교수이다.
그는 주로 철학적이고 교훈적인 문구를 담은 책으로 알려져 있다.

신념을 존중하는 것은
상대방의 삶을 존중하는 것입니다.
우리가 상대방의 믿음을 이해하려는 마음을 가져야
세상을 더 아름답고, 조화로운 사회로 만들어갈 수 있습니다.

존중

상대방의 의견을 존중하는 것은

나와 다름을 인정하는 것이다.

스티븐 R. 코비

티븐 R. 코비 (Stephen R. Covey, 1932 - 2012)는 미국의 경영 컨설턴트이자 저자, 연설가로, 자기 계발과 리더십 분야에서 큰 영향을 끼친 인물이다.

상대의 의견을 존중하는 것은 다름을 받아들이는 것입니다.

그 차이를 인정할 때, 우리는 더 깊은 공감을 얻습니다.

우리는 서로의 다름 속에서 조화를 배우며,

함께 성장하는 길을 발견하며 살아가야 합니다.

미소는 마음의 언어가 되어,

말로 다 표현할 수 없는 감정을 전하고,

웃음은 삶의 향기가 되어,

일상 속의 작은 순간들을 특별하게 만듭니다.

그 작은 변화가 세상에 따스한 빛을 비추어,

주변 사람들의 마음에 온기를 전달하고,

우리의 삶을 더욱 풍요롭고 아름답게 만들어 갑니다.

우리가
행복해지기 위해
담아야 할 것들

미소와 웃음

미소와 웃음

우리 삶에서 행복을 키워가는 데 꼭 필요한 것이 있다면, 그것은 바로 "미소와 웃음"입니다. 미소와 웃음은 단순한 얼굴의 움직임을 넘어서, 우리에게 긍정적인 에너지를 전달하고 삶의 질을 높여주는 작은 기적과도 같습니다. 감정이 얼굴 표정으로 나타나기도 하지만, 반대로 얼굴 표정이 감정에 영향을 미친다는 것은 많은 연구를 통해 입증된 사실입니다.

이처럼 미소와 웃음은 심리적 · 생리적 변화를 일으키며, 더 나아가 우리 주변 사람들에게도 선한 영향을 미치는 강력한 힘을 가지고 있습니다.

심리학적으로 웃음과 미소는 스트레스를 완화하고 기분을 좋게 하는 효과가 있습니다. 웃을 때 우리 몸에서는 행복 호르몬으로 불리는 엔도르핀과 도파민이 분비되어, 긴장을 풀어주고 스트레스 수치를 낮추어 줍니다.

이는 단순한 기분 전환에 그치는 것이 아니라, 장기적으로 스트레스에 강한 회복력을 길러주며, 삶의 어려움과 불확실성 속에서 보다 긍정적으로 반응할 수 있는 힘을 키워줍니다.

심리학자들은 이러한 효과를 "행복의 피드백 루프"라고 부르는데, 이는 작은 미소나 웃음이 반복될 때 더 큰 행복감을 지속적으로 느낄 수 있는 이유가 됩니다.

　또한, 미소와 웃음은 타인과의 관계를 개선하고 상호 신뢰를 형성하는 데 중요한 역할을 합니다. 우리는 누구나 긍정적인 에너지를 가진 사람에게 끌리게 됩니다. 미소를 자주 짓고 밝게 웃는 사람은 상대방에게 편안함과 신뢰감을 주며, 긍정적인 이미지를 형성할 수 있습니다. 이는 단순한 첫인상을 넘어서, 직장, 가정, 친구 관계 등 다양한 사회적 상황에서 긍정적인 관계를 구축하는 데 필수적입니다. 웃는 얼굴이 곧 열린 마음을 나타내기 때문에, 미소와 웃음은 상대방의 마음을 여는 열쇠와도 같습니다.

　미소와 웃음은 몸과 마음 모두에 건강한 영향을 미칩니다. 여러 연구에서, 자주 웃는 사람들은 그렇지 않은 사람들에 비해 신체적 건강 상태가 더 좋다는 결과가 나왔습니다.

　웃음은 혈압을 안정시키고, 심장 건강을 향상하며, 면역 체계도 강화하는 효과가 있습니다. 따라서 미소와 웃음은 단지 기분 전환의 수단이 아니라, 실제로 우리 삶의 질을 높여주는 중요한 생활 습관입니다.

　현대인들은 바쁜 일상과 스트레스 속에서 웃음을 잊고 살아가는 경우가 많습니다. 하지만 작은 미소와 웃음은 우리 삶을 행복하게 만드는 중요한 습관입니다. 의식적으로 미소를 지으며 일상의 즐거움을 찾고, 주변 사람들에게 웃음을 나누는 것은 행복을 키우는 첫걸음이 됩니다. 미소와 웃음을 더 자주 담아내는 마음가짐이야말로, 풍요로운 삶을 위한 필수적인 요소입니다.

미소

만약 당신이 단순히 미소만 짓더라도

당신은 알게 될 것이다.

아직 삶이 살 가치가 있다는 것을 말이다.

찰리 채플린

찰리 채플린 (Charlie Chaplin, 1889 – 1977)은 영국 출신의 배우, 감독, 작가, 프로듀서이자 영화 제작자로, 영화 역사상 가장 유명하고 영향력 있는 인물 중 한 명이다.

단순히 미소 짓는다고 삶이 달라지진 않죠.

하지만 미소 없이 삶이 빛날 수도 없어요.

그저 한 번 웃어보세요.

그러면 삶이 이미 아름다웠음을 알게 될 테니까요.

미소

당신이 누군가를 만날 때

미소를 지어주는 것은 사랑의 행동이자

그 사람에게 선물을 주는 것과 같은 것이다.

아주 아름다운 선물을 말이다.

마더 테레사

마더 테레사 (Mother Teresa, 1910 – 1997)는 인도의 알바니아계 가톨릭 수녀이자 자선
활동가로, 주로 가난한 이들과 병자들을 돕는 일로 유명하다.

누군가의 얼굴에 미소를 선물하는 순간,

그것은 사랑의 작은 축복이 됩니다.

미소는 말없이 전하는 마음의 언어이며,

마음과 마음을 잇는 가장 소중한 선물입니다.

미소

─────────────────────────────────────

어떤 사람이 항상 미소를 짓는다고 해서

그 사람의 삶이 완벽하다는 것을 의미하는 것은 아니다.

그것은 그 사람이 희망을 가지고 있고

강한 사람이라는 것을 의미하는 것이다.

로린 힐

로린 힐 (Lauryn Hill)은 미국의 가수, 작곡가, 래퍼, 그리고 배우로, 사회적 메시지와 개인적인 경험을 음악에 반영하는 작곡가로도 인정받고 있다.

늘 미소 짓는다고 해서
삶이 완벽한 것은 아니에요.
그건 희망을 안고 살아가는
아주 강한 마음의 증거일 뿐입니다.

미소

내 영혼이 내 마음을 통해 미소를 짓게 하고,

내 마음이 내 눈을 통해 미소를 짓게 하소서.

그리고 이를 통해 이 세상의 슬픈 마음들에게

풍성한 미소를 흩뿌릴 수 있게 하소서.

파라마한사 요가난다

파라마한사 요가난다 (Paramahansa Yogananda)는 인도의 유명한 요가 스승이자 영성 지도자로, 20세기 초반 서구 세계에 요가와 크리야 요가 Kriya Yoga를 소개한 인물이다.

미소가 행복을 보장하지는 않습니다.
그러나 미소 없는 행복도 존재하지 않습니다.
진정한 미소는 내면에서 피어나며,
타인의 슬픔을 위로해준다는 것은 확실합니다.

웃음

찡그리는 데는 얼굴 근육이 72개나 필요하나
웃는 데는 단 14개가 필요하다.
철학이 가미되지 않은 웃음은 재채기 같은 유머에 불과하다.
참다운 유머는 지혜가 가득 차 있다.

마크 트웨인

마크 트웨인 (Mark Twain, 1835 ~ 1910)은 미국의 저명한 소설가이자 유머리스트로,
19세기 후반 미국 문학에 큰 영향을 미친 인물이다.

웃음은 그 자체로 가벼운 기쁨의 발산이지만,
참된 웃음은 지혜와 삶의 깊이를 담고 있습니다.
철학 없는 웃음은 일시적인 재채기일 뿐,
참된 웃음은 지혜로 가득 찬 마음의 노래입니다.

웃음

사람의 웃는 모양을 보면 그 사람의 본성을 알 수 있다.

누군가를 파악하기 전 그 사람의 웃는 모습이 마음에 든다면,

그 사람은 선량한 사람이라고 자신 있게 단언해도 되는 것이다.

표도르 미하일로비치 도스토예프스키

표도르 미하일로비치 도스토예프스키 (Fyodor Mikhailovich Dostoevsky, 1821 – 1881)는 러시아의 소설가이자 철학자로, 19세기 러시아 문학의 가장 중요한 인물 중 한 명이다.

웃음은 사람의 진심을 비추는 창입니다.
누군가의 웃는 얼굴에 마음이 편안해진다면,
그 사람은 따뜻하고 선량한 마음을 가진 이일 것입니다.
그의 웃음 속에서 진정성을 읽을 수 있기 때문입니다.

책 속에는 마음의 평화와 내면의 성숙이 담겨 있습니다.

우리가 몰입할 수 있는 또 다른 세상을 바라보게 하며,

정신적인 휴식과, 자아를 돌아보는 지혜를 선물합니다.

또한 책은 지식과 함께 창의와 논리적인 사고를 키우며,

타인과의 공감을 키워, 세상에 대한 넓은 시각을 갖게 합니다.

책 읽기의 즐거움은 우리의 삶에 깊이와 의미를 더하고,

진정한 행복과 휴식으로 안내할 것입니다.

우리가
행복해지기 위해
담아야 할 것들

10

책 읽기의 즐거움

책 읽기의 즐거움

우리가 행복해지기 위해 담아야 할 것들 중, "책 읽기의 즐거움"은 내적 성숙과 정서적 안정, 삶에 대한 깊이 있는 통찰을 제공하는 중요한 요소입니다. 책 읽기는 단순한 정보 습득을 넘어, 우리의 내면을 풍요롭게 하고 행복한 삶을 향한 여정에 함께하는 동반자입니다. 사람은 소설이나 시 같은 문학을 읽으며 일상의 스트레스에서 벗어나고, 색다른 세계에 몰입함으로써 정신적인 휴식을 얻습니다.

심리학적으로도 독서는 마음의 평화를 주고, 독서에 집중하는 동안 우리가 경험하는 몰입 상태는 스트레스를 완화시키며 삶의 여유와 안정감을 더해줍니다.

또한 책은 우리에게 자신을 돌아보고 내면을 깊이 이해할 기회를 제공합니다. 책 속 다양한 인물의 삶을 간접적으로 경험하는 과정은 독자에게 자아 성찰의 기회를 주며, 자기 이해와 성장의 계기를 마련합니다.

더불어, 책은 타인과의 관계에서도 중요한 역할을 합니다. 책 속 인물들과 함께하며 그들의 감정을 이해하는 과정에서 독자는 자연스럽게 타인의 시각과 감정을 헤아리는 공감 능력을 기르게 됩니다.

이러한 공감 능력은 인간관계를 원활하게 하고 사회적 지지와 유대감을 형성하여, 우리의 행복감을 더해줍니다. 사회적 지지가 행복에 미치는 긍정적인 효과는 심리학적으로도 입증된 바 있으며, 독서를 통한 공감 능력의 향상은 일상에서 더욱 의미 있는 인간관계를 가능하게 합니다.

　또한, 책은 지식과 통찰의 원천이기도 합니다. 독서를 통해 얻는 지식과 경험은 우리에게 자신감을 심어주고, 문제 상황에 직면했을 때 창의적이고 논리적으로 해결할 수 있는 능력을 키워 줍니다.
　이러한 지식의 축적은 자존감을 높이며, 이는 행복의 중요한 구성 요소로 작용합니다. 끊임없이 배우고 성장하려는 인간의 본성을 충족시키는 과정에서, 책은 우리의 내면을 단단하게 하고 세상에 대한 폭넓은 시각을 제공합니다.

　마지막으로, 책은 우리에게 인생의 깊이 있는 의미를 찾게 도와줍니다. 다양한 주제와 철학적 논의를 다룬 책을 읽는 동안 독자는 자신이 추구하는 가치와 목적을 재발견하고, 삶의 방향성을 새롭게 설정할 기회를 얻습니다. 이는 특히 힘든 시기나 갈등 상황에서 우리를 다시 일으켜 세우는 원동력이 되며, 내적 평온과 행복감을 되찾는 계기가 됩니다.

　우리가 행복해지기 위해 담아야 할 것들 중에서 책 읽기의 즐거움은 자아 성찰과 정서적 안정, 공감 능력의 확장과 지식의 축적, 삶의 의미 발견을 통해 우리에게 행복과 성장을 선사합니다. 책 읽기는 단순한 취미를 넘어, 우리의 내면을 풍요롭게 하고 삶의 활력을 불어넣어 주는 고귀한 경험이 될 것입니다.

책

양서는 처음 읽은 때에는

새 친구를 얻은 것과 같고,

전에 정독했던 책을 다시 읽을 때에는

옛날 친구를 만나는 것과 같다.

올리버 골드스미스

올리버 골드스미스 (Oliver Goldsmith, 1730 - 1774)는 18세기 영국의 작가이자 시인,
극작가. 그의 작품들은 그 시대의 사회적 풍자와 인간 본성에 대한 통찰을 담아내고
있다.

처음 만난 책은 새로운 친구를 만난 설렘을 안겨주고,
다시 펼친 책은 오랜 친구를 만난 반가움을 선사합니다.
그 책이 담고 있는 의미는 시간이 지나면서 더욱 깊어지고,
한 페이지마다 오래된 이야기를 다시 꺼내어 줍니다.

책

내가 인생을 안 것은

사람과 접촉했기 때문이 아니라

책과 접촉했기 때문이다.

아나톨 프랑스

아나톨 프랑스 (Anatole France, 1844 - 1924)는 프랑스의 소설가이자 문학 평론가로, 20세기 초 프랑스 문학에서 중요한 위치를 차지한 인물이다.

인생의 깊이를 알게 된 것은 사람들과의 만남이 아니라,
책 속에서 새로운 세계와 만났기 때문입니다.
책은 우리에게 지혜와 통찰을 선물하며,
그 속에서 우리는 진정한 자신을 발견하게 될 것입니다.

책

책은 청년에게는 음식이 되고, 노년을 즐겁게 하며,

번영과 장식과 위난의 도피소가 되며,

그리고 이것을 위로하고, 집에 있어서는 쾌락의 종자가 되며,

밖에 있어서도 방해물이 되지 않고,

여행할 적에는 야간의 반려가 되는 것이다.

마르쿠스 튀리우스 키케로

마르쿠스 튀리우스 키케로 (Marcus Tullius Cicero)는 고대 로마의 정치가, 법률가, 연설가, 철학자이자 작가로, 로마 공화국의 마지막 시기에 활약한 중요한 인물이다.

책은 청춘에겐 영양이 되어 배고픈 마음을 채우고,
노년에는 기쁨이 되어 고요한 일상에 활기를 불어넣습니다.
어디에서든 책은 우리를 위로하며,
여행 중에도 어둠을 밝혀주는 소중한 친구가 되어줍니다.

독서

기회를 기다리는 것은 바보짓이다.

독서의 시간이라는 것은 지금 이 시간이지

결코 이제부터가 아니다.

오늘 읽을 수 있는 책을 내일로 넘기지 마라.

헬렌 해먼드 잭슨

헬렌 해먼드 잭슨 (Helen Hunt Jackson, 1830 - 1885)은 19세기 미국의 작가이자 사회 운동가로, 특히 원주민에 대한 권리와 정의를 옹호한 인물이다.

독서란, 오늘이 아닌 내일을 기대하는 일이 아니라,
바로 지금 이 순간에 온전히 몰입하는 일입니다.
그 안에 담긴 이야기와 지혜가 이미
오늘을 살아가는 나에게 가장 필요한 선물이기 때문입니다.

독서

독서는 다만 지식의 재료를 줄 뿐,

그 자신의 것을 만드는 것은 사색의 힘이다.

존 로크

존 로크 (John Locke, 1632 – 1704)는 영국의 철학자이자 정치 이론가로, 근대 경험주의와 자연법사상의 중요한 인물로 꼽힌다.

독서는 지식의 재료를 제공할 뿐,
자신의 것으로 만드는 것은 온전히 사색의 몫입니다.
아무리 훌륭한 지식이라도 사색 없이 쌓인 지식은
쌓여만 가는 책상위의 먼지와 같은 것입니다.

책

책은 청년에게는 음식이 되고, 노년을 즐겁게 하며,

번영과 장식과 위난의 도피소가 되며, 그리고

이것을 위로하고, 집에 있어서는 쾌락의 종자가 되며,

밖에 있어서도 방해물이 되지 않고,

여행할 적에는 야간의 반려가 되는 것이다.

마르쿠스 튀리우스 키케로

마르쿠스 튀리우스 키케로 (Marcus Tullius Cicero)는 고대 로마의 정치가, 법률가,
연설가, 철학자이자 작가로, 로마 공화국의 마지막 시기에 활약한 중요한 인물이다.

책은 청년에게 삶의 양식이 되어 주고,
노년에는 즐거운 동반자가 되어 줍니다.
어디서든 편안하게, 여행 중에도 함께하며,
그 자체로 위로와 기쁨을 선사하는 존재입니다.

친절은 마음의 따스한 언어를 심고,
겸손은 삶의 깊이로 향기를 드러냅니다.
작은 실천이 모여 세상을 환히 비추듯,
행복은 그렇게 우리 곁에 머무는 것입니다.

우리가
행복해지기 위해
담아야 할 것들

11

친절과 겸손함

친절과 겸손함

　행복은 종종 사소해 보이지만 의미 깊은 행동과 태도에서 비롯됩니다. 그중에서도 "친절과 겸손함"은 우리 삶을 아름답게 가꾸고 인간관계를 더욱 깊이 있게 만드는 중요한 덕목입니다. 친절과 겸손은 단순히 외적으로 보이는 미덕이 아니라, 내면의 평온과 조화를 이루어 주며, 우리에게 진정한 행복을 선사하는 삶의 중요한 가치입니다. 이러한 덕목은 우리를 주변 사람들과 연결해 주고, 타인의 마음에 따뜻한 여운을 남기는 덕목입니다.

　심리학적으로 친절은 행복감을 높이는 효과가 있습니다. 친절한 행동을 할 때, 우리 뇌에서는 도파민과 세로토닌 같은 행복 호르몬이 분비되어 기쁨과 만족감을 배로 경험하게 해줍니다.
　작은 친절한 행동을 통해 우리는 단순한 일상 속에서도 의미를 발견하고, 타인과의 관계에서 긍정적인 피드백을 받음으로써 자신에 대한 긍정적인 자아상도 함께 형성하게 됩니다. 이러한 경험은 삶의 가치를 깊이 느끼게 해주며, 지속적인 행복감을 유지하는 데 큰 도움을 줍니다. 더 나아가, 친절은 우리가 속한 사회와 환경에도 긍정적인 변화를 일으키는 힘이 되어 타인의 행복과 우리 자신의 행복을 함께 키워가는 촉매제가 됩니다.

겸손함은 자기 자신을 타인과 비교하거나 과장하는 마음에서 벗어나, 자신의 위치와 한계를 인정하는 자세입니다. 철학자들이 말하는 겸손은 '나를 나로서 보는 것'으로, 타인을 인정하고 존중하는 마음을 의미합니다.

자신을 과장하지 않음으로써 우리는 오히려 더 깊이 있는 관계를 맺고, 진실한 인간관계를 형성할 수 있습니다. 특히, 겸손은 삶에서 피할 수 없는 실패와 한계를 수용하게 함으로써 우리를 더욱 성숙하게 만들어줍니다.

또한, 겸손한 태도는 배움에 대한 열린 마음을 유지하게 해 주며, 다양한 경험을 통해 성장할 수 기회를 만들어줍니다.

그러나 친절과 겸손은 결코 쉽게 실천되는 덕목이 아닙니다. 일상 속에서 사소한 불편함을 감수해야 하거나, 타인에 대한 배려가 필요할 때 우리가 종종 불편함을 느낄 수 있습니다.

특히 바쁜 현대사회에서는 친절보다는 이기심이, 겸손보다는 자만이 쉽게 자리 잡기도 합니다. 그럼에도 불구하고, 의식적으로 친절과 겸손을 실천하려는 노력이 필요합니다. 한 번의 친절한 행동, 작은 겸손한 태도가 주변에 미치는 영향은 상상 이상으로 크기 때문입니다.

친절과 겸손은 행복을 이루는 중요한 덕목입니다. 친절은 사람들 간의 거리를 좁히고, 겸손은 나를 따뜻하고 지혜롭게 만듭니다. 이 두 가지 덕목은 일상에서 실천함으로써 지속 가능한 행복을 만들어갑니다.

결국, 행복은 나와 타인, 그리고 세상과의 관계 속에서 이루어지며, 친절과 겸손은 모두가 함께 행복해질 수 있는 확실한 길입니다.

친절

친절은 세상을 아름답게 한다.

모든 비난을 해결한다.

얽힌 것을 풀어헤치고, 곤란한 일을 수월하게 하고,

암담한 것을 즐거움으로 바꾼다.

레프 니콜라예비치 톨스토이

레프 니콜라예비치 톨스토이 (Lev Nikolaevich Tolstoy, 1828 - 1910)는 러시아의 소설가이자 철학자이며, 세계 문학사에서 가장 중요한 인물 중 하나로 평가받는다.

친절은 세상을 따스하게 감싸 아름다움을 피우고,

비난을 녹여 화해의 길을 열게 합니다.

친절은 얽힌 마음을 풀어내며 어려움을 부드럽게 넘기고,

암담한 순간도 환한 기쁨으로 바꿔줍니다.

친절

너그럽고 상냥한 태도, 그리고 사랑을 지닌 마음,

이것은 사람의 외모를 아름답게 하는

말할 수 없는 큰 힘인 것이다.

블레즈 파스칼

블레즈 파스칼 (Blaise Pascal, 1623 - 1662)은 프랑스의 수학자, 물리학자, 철학자로, 현대 과학과 철학에 큰 영향을 미친 인물이다.

따뜻한 마음과 상냥한 태도는
사람의 얼굴에 고운 빛을 담습니다.
사랑이 깃든 그 힘은 말로 다할 수 없을 만큼 크며,
진정한 아름다움은 그렇게 피어납니다.

친절

옛 친구를 만나거든 전보다 한층 친밀하게 교재 하라.

또한 불우한 환경에 빠졌다든지,

운수가 나빠서 어려움에 빠진 사람을 대할 때엔

그가 환경이 좋았을 때보다 더욱 친절하게 하라.

채근담

채근담 (菜根譚)은 홍응명 1597 - 1654이 편찬한《채근담》의 주석본입니다. 홍응명은 중국
명나라의 학자로, 원본에 주석을 달아 그 내용과 의미를 보다 쉽게 이해할 수 있도록
설명한 인물입니다.

친절은 거창한 것이 아니며 그저 일상에서
쉽게 실천할 수 있는 작은 마음의 표현입니다.
오늘 당신의 마음속에 작은 친절들을 담아
세상을 어떻게 아름답게 만들지를 경험해 보기를 바랍니다.

겸손

겸손은 다른 모든 미덕의 기초이며,

이 미덕이 존재하지 않는 영혼에는

단순한 겉모습 외에는 다른 미덕이 있을 수 없다.

히포의 아우구스티누스

히포의 아우구스티누스 (Augustine of Hippo, 354 – 430)는 기독교 역사에서 중요한
신학자이자 철학자로, 그의 사상은 서양 철학과 신학에 깊은 영향을 미쳤다.

겸손은 모든 미덕의 뿌리가 됩니다.
그 뿌리가 깊지 않으면 그 어떤 아름다운 행동도
그저 겉모습에 불과할 뿐이며, 마음 깊은 곳에서부터
우러나는 진실한 미덕을 갖는 것이 중요합니다.

겸손

겸손하지 못한 사람은 언제나 타인을 비난한다.

그런 사람은 오직 타인의 그릇된 것만을 인정한다.

그럼으로써 그 사람 자신의 욕망과 죄는

점점 더 커지는 것이다.

레프 니콜라예비치 톨스토이

레프 니콜라예비치 톨스토이 (Lev Nikolayevich Tolstoy, 1828 – 1910)는 러시아의
소설가이자 사상가로, 세계 문학사에서 가장 위대한 작가 중 한 명이다.

_월_____일

겸손하지 못한 사람은 늘 다른 사람의 실수를 찾으며,
그 속에서 자신을 더 높이려는 욕망을 키웁니다.
하지만 타인의 잘못만을 바라보는 그 시선은 결국,
자신의 마음 속 욕망과 죄를 더욱 크게 만들 뿐입니다..

겸손

겸손하게 허리를 숙이는 것은

자화자찬과는 반대로

자신을 존귀하게 만드는 행동인 것이다.

발타자르 그라시안

발타자르 그라시안 (Baltasar Gracián, 1601 – 1658)은 스페인의 신학자이자 철학자, 그리고 작가로, 바로크 시대의 중요한 문학적 인물이다.

겸손히 허리를 숙이는 것은
스스로를 낮추는 듯 보여도,
오히려 자신의 가치를 높이는
진정한 품격의 행위입니다.

품위 있는 언행은

우리의 내면에서 우러나오는 자존감과 배려의 표현입니다.

그 속에서 우리는 타인을 존중하고, 진정한 소통을 통해

인간관계를 더욱 깊고 의미 있게 만들 것입니다.

일상의 작은 순간에서부터 타인의 마음을 이해하고 존중하는

태도와 언행은 아름답고 품위 있는 삶을 완성해 갈 것입니다.

우리가
행복해지기 위해
담아야 할 것들

12

품위 있는 언행

품위 있는 언행

행복하고 의미 있는 삶을 위해 담아야 할 중요한 덕목 중 하나는 바로 "품위 있는 언행"입니다. 품위 있는 언행은 단순히 예의를 갖춘 말과 행동을 의미하는 것이 아닙니다. 그것은 내면의 성숙함과 자제력이 반영된 태도로, 우리 자신의 가치를 드러내고 타인에게 깊은 인상을 남깁니다.

언행이란 단순한 의사소통을 넘어, 우리의 인격과 가치관을 표현하는 도구이기에 이를 통해 우리는 스스로를 존중하고 타인과의 관계를 돈독하게 만들어 나갈 수 있습니다.

심리학적으로 볼 때, 품위 있는 언행은 자존감과 관련이 깊습니다. 자신의 가치를 알고, 이에 맞게 언행을 조절하는 사람은 자기 존중감이 높고, 타인과의 관계에서 자신감이 드러나기 때문입니다. 언어를 통해 타인과 소통하는 과정에서 우리는 자신의 의도를 정확하고 명확하게 표현할 뿐만 아니라, 상대방의 의견을 존중하며 대화를 이어갑니다.

반대로, 쉽게 화를 내거나 경솔한 말로 타인을 비난하는 사람은 자존감이 낮거나 자신의 감정을 적절히 다루지 못하는 경우가 많습니다.

품위 있는 언행은 내면의 자존감과 안정감을 높여주며, 우리 자신과 타인에 대한 신뢰를 키워 줍니다.

또한 품위 있는 언행은 타인에게 영감을 주고 긍정적인 영향을 미치는 힘이 있습니다. 주변 사람들은 우리의 말과 행동을 통해 마음의 평온을 느끼며, 존중과 배려가 담긴 대화를 통해 자신도 품위 있는 태도를 본받고자 하는 동기를 얻습니다.

한 사람의 말과 행동이 타인에게도 지속적으로 영향을 미친다는 점에서, 품위 있는 언행은 긍정적인 사회적 유대와 공동체의 화합을 이루는 데 중요한 역할을 합니다. 서로가 존중하는 마음으로 대할 때, 사회는 더욱 따뜻해지고 서로에 대한 신뢰가 쌓여갑니다.

품위 있는 언행은 또한 삶의 고귀한 가치를 실천하는 길이기도 합니다. 품위는 단지 겉으로 드러나는 외적인 태도가 아니라, 깊은 내면에서부터 우러나오는 존중과 이해의 마음을 담고 있습니다.

일상의 크고 작은 상황 속에서 타인의 의견을 존중하고, 그들의 감정을 이해하려는 노력을 기울이는 것이야말로 진정한 품위의 시작입니다. 어떤 상황에서든 타인의 입장을 고려하는 언행을 통해 우리는 삶을 더 고귀하게 가꿀 수 있습니다.

결국, 품위 있는 언행은 우리 삶을 고귀하고 아름답게 만드는 중요한 요소입니다. 이러한 언행을 통해 우리는 우리 자신의 가치를 더욱 빛내고, 타인에게 존경과 신뢰를 얻을 수 있게 됩니다. 삶의 품격은 우리가 어떤 태도를 갖고 어떻게 소통하느냐에 달려 있습니다.

내면의 평화와 타인에 대한 존중이 담긴 품위 있는 언행을 통해, 우리는 더 성숙하고 행복한 삶을 만들어 갈 수 있습니다. 이는 개인의 성장을 넘어, 모두가 더불어 살아가는 공동체의 가치를 실천하는 길이기도 합니다.

말

말이 있기에 사람은 짐승보다 낫다.

그러나 바르게 말하지 않으면 짐승이

그대보다 나을 것이다.

사이디 고레스탄

사이디 고레스탄 (Saadi Shirazi, 1210 - 1291)은 이란의 대표적인 고전 시인, 문학가, 철학자로, 특히 그의 시집 부스탄 Bustan과 골리스탄 Golestan으로 유명한 인물이다.

바르게 말하지 않으면, 공허한 소리에 불과해지고,

결국 짐승보다 못할 수도 있습니다.

우리는 말을 통해 서로를 이해하고 세상과

소통하는 존재이기에, 그 말에 책임을 져야 합니다.

말

삼사일언(三思一言)

세 번 생각한 연후에 말하라.

누구도 자기가 하는 말이 다 뜻이 있어서 하는 것이 아니다.

그럼에도 자기가 뜻하는 바를 모두 말하는 사람은 거의 없다.

헨리 애덤스

헨리 애덤스 (Henry Adams, 1838 – 1918)는 미국의 역사학자, 소설가, 그리고 철학자로,
19세기 미국 지식인 사회에서 중요한 인물 중 한 명입니다.

말하기 전에 세 번 생각해보세요,

모든 말엔 뜻이 있지만, 그 뜻을 아는 이는 드뭅니다.

우리는 때로 말로 다 표현할 수 없지만,

진정한 소통은 신중히 담아내는 것에서 시작됩니다.

말

부드러운 말로 상대방을 설득하지 못하는
사람은 위엄 있는 말로도 설득하지 못한다.

안톤 체호프

안톤 체호프 (Anton Chekhov, 1860 – 1904)는 러시아의 의사이자 극작가, 단편 소설
작가로, 19세기 말과 20세기 초 러시아 문학의 중요한 인물이다.

부드러운 말이 없으면, 위엄도 힘을 잃습니다.
말의 무게는 그 속에 담긴 따뜻함에서 나오는 것입니다.
상대를 이끄는 진정한 힘은 강한 말이 아닌,
마음에서 우러난 부드러움에 있습니다.

언행

한 마디의 말이 들어맞지 않으면

천 마디의 말을 더 해도 소용없다.

그러기에 중심이 되는 한 마디를 삼가서 해야 한다.

중심을 찌르지 못하는 말일진대

차라리 입 밖에 내지 않느니만 못하다.

채근담

채근담 (菜根譚)은 17세기 중국 명나라 말기에서 청나라 초기에 홍응명 洪應明이 저술한 도덕적 교훈과 인생철학을 담고 있는 책이다.

한 마디가 부합하지 않으면, 천 마디도 소용없습니다.
말의 중심을 잡지 못하면, 그 말은 의미를 잃습니다.
진정한 소통은 정확한 한 마디에서 시작되며,
차라리 침묵이 더 나을 때도 있습니다.

대화

대화는 당신이 배울 수 있는 기술이다.

그건 자전거 타는 법을 배우거나 타이핑을 배우는 것과 같다.

만약 당신이 그것을 연습하려는 의지가 있다면,

당신은 삶의 모든 부분의 질을 급격하게 향상시킬 수 있다.

브라이언 트레이시

브라이언 트레이시 (Brian Tracy)는 캐나다 출신의 자기계발 전문가, 동기 부여 강사, 저자로, 세계적인 자기계발과 리더십 분야의 권위자이다.

만약 대화라는 기술을 배우고자 한다면,
삶의 모든 영역에서 질적인 향상을 경험할 수 있습니다.
대화의 기술은 단순히 말을 잘하는 것을 넘어,
소통하고 서로를 존중하는 방법을 익히는 것입니다.

대화

훌륭한 대화주의자는

말한 것을 기억하는 사람이 아니라,

누군가가 기억하고 싶어 하는 것을 말하는 사람이다.

존 메이슨 브라운

존 메이슨 브라운 (John Mason Brown, 1900 – 1969)은 미국의 저명한 극평론가,
에세이스트, 그리고 작가이다.

훌륭한 대화는 기억을 남기는 사람이 아니라,
마음속에 담고 싶어 하는 말을 건네는 사람입니다.
그 사람의 말은 상대의 마음을 울려,
자연스럽게 오래 기억되고 싶은 진심을 남깁니다.

소통은 우리의 행복을 지탱하는 중요한 축이며,

우리가 더욱 깊고 의미 있는

삶을 살아가는 데 필요한 밑거름입니다.

소통은 단순히 말을 주고받는 것이 아니라,

타인의 마음을 읽고 그들의 감정을 공감하는 것입니다.

소통은 서로 다름을 인정하고 존중하여,

인간관계를 균형감 있게 만드는 삶의 중요한 열쇠입니다.

우리가
행복해지기 위해
담아야 할 것들

13

인간관계와 소통

인간관계와 소통

행복한 삶의 토대를 이루는 중요한 요소 중 하나는 원활한 소통과 건강한 인간관계입니다. 인간은 사회적 존재로, 삶의 기쁨과 어려움을 타인과 나누며 서로에게 의지합니다. 하지만 갈등과 오해는 누구에게나 존재하며, 이러한 요소는 종종 관계를 복잡하게 만들기도 합니다.

행복하기 위해서는 이러한 갈등을 최소화하고 타인과 조화롭게 소통할 수 있는 능력을 키워야 합니다. 결국, 인간관계와 소통은 단순한 의사소통의 도구가 아니라 삶의 질을 결정짓는 중요한 가치를 의미합니다.

심리학적으로 볼 때, 소통은 우리의 정서적 안정에 큰 영향을 미칩니다. 원활한 소통을 통해 자신의 감정과 생각을 표현할 때 우리는 내면의 스트레스를 해소하고 타인과의 관계에서 진정한 유대감을 느낍니다.

반대로 소통이 단절되거나 왜곡될 때, 감정은 억눌리고 누적되어 건강에도 부정적인 영향을 미칠 수 있습니다. 특히 오해나 갈등이 해소되지 않은 채 지속되면 심리적인 고립감과 외로움이 깊어지며, 이는 개인의 행복감에 치명적인 영향을 미치게 됩니다.

건강한 인간관계는 우리 삶에 큰 만족과 의미를 더해줍니다. 신뢰와 존중을 바탕으로 맺어진 관계는 우리에게 지지와 안정감을 주며, 어려운 상황에서도 긍정적인 마인드를 유지하게 해줍니다.

신뢰가 쌓인 관계 속에서는 서로의 약점이나 취약한 면을 이해하고, 도움을 주고받을 수 있기 때문에 삶의 어려움도 함께 이겨낼 수 있습니다. 이러한 관계는 단순히 좋은 시간을 보내는 것에서 나아가, 우리의 정서적 건강과 정신적 성장에 기여하는 중요한 자산이 됩니다.

효과적인 소통은 건강한 인간관계를 구축하는 핵심입니다. 소통이란 단순히 말하는 것만이 아니라, 상대방의 말에 귀 기울이고 그들의 감정과 의도를 이해하려는 마음입니다. 진정한 소통은 공감에서 시작됩니다. 상대방의 말에 경청하며 그들이 어떤 생각과 감정을 가지고 있는지 존중하는 태도는 인간관계를 더욱 돈독하게 만들고 상호 신뢰를 쌓게 합니다.

반대로, 일방적으로 자신의 주장만을 내세우거나 상대방의 말을 무시할 때, 오해와 갈등이 커지며 관계의 균형이 무너지게 됩니다.

인간관계와 소통은 우리가 행복해지기 위해 담아야 할 중요한 요소들입니다. 원활한 소통을 통해 우리는 진정한 행복과 안정감을 느끼고, 건강한 인간관계를 통해 삶의 의미와 가치를 발견할 수 있습니다. 소통과 관계 속에서 우리는 자신의 성장뿐 아니라 타인과의 조화로운 관계를 통해 더 큰 행복을 추구할 수 있습니다.

그러므로 우리의 일상 속에서 소통과 인간관계에 대해 지속적인 노력을 기울일 필요가 있습니다. 이는 자신뿐만 아니라 우리 모두가 함께 행복해지는 길이기도 합니다.

공감

공감은 다른 사람의 신발을 신고 그의 길을 걷은 것입니다.

그의 관점에서 세상을 보고 그의 감정을 느끼는 것입니다.

그러고 나서 '나는 당신을 이해합니다'라고

말하는 것입니다.

칼 로저스

칼 로저스 (Carl Rogers, 1902 – 1987)는 미국의 심리학자이자 인본주의 심리학의 중요한 대표적 인물이다. 그는 인간 '중심 치료법'을 창안한 사람으로 잘 알려져 있다.

공감은 그가 걸어온 길을 함께 걸으며,

그의 시선으로 세상을 보고, 그의 마음을 느끼는 것입니다.

"나는 당신을 이해합니다."라고 말할 수 있을 때,

이것이 바로 사람을 진정으로 이해하고 존중하는 것입니다.

공감

인간관계에서 가장 중요한 것은
의사소통, 이해, 그리고 공감입니다.

브라이언 트레이시

브라이언 트레이시 (Brian Tracy)는 캐나다 출신의 자기계발 전문가, 작가, 강연자로.
목표 설정, 시간 관리, 성공적인 리더십 등의 주제에 관한 책과 강연으로 유명한
인물이다.

인간관계의 핵심은 소통과 이해,

그리고 서로의 마음을 나누는 공감입니다.

진정한 관계는 마음의 언어로 이어지고,

서로의 존재를 깊이 이해하는 순간에 빛을 발합니다.

공감

공감은

단순히 타인의 고통을 느끼는 것이 아니라,

그 고통을 덜어주고자 하는 마음이다.

다니엘 골먼

다니엘 골먼 (Daniel Goleman)은 미국의 심리학자이자 감성 지능(Emotional
Intelligence, EQ) 개념을 널리 알린 학자이다.

공감은 단순히 고통을 느끼는 것이 아닙니다.
그 고통을 함께 나누고 덜어주려는 따뜻한 마음입니다.
진정한 공감은 고통 속에서 빛나는 희망의 손길,
그 사람에게 진심으로 다가가려는 마음에서 시작됩니다.

211

대부분의 사람들은 내 편도 아니고 내 적도 아니다.

또한 자신이 무슨 일을 하거나 자신을

좋아하지 않는 사람들은 있게 마련이다.

모두가 자신을 좋아하기를 바라는 것은 지나친 기대이다.

리즈 카펜터

리즈 카펜터 (Liz Carpenter, 1920 - 2010)는 미국의 저널리스트이자 여성 권리 운동가로, 텍사스와 미국 전역에서 여성의 정치적 참여를 증진하는 데 기여한 인물이다.

대부분의 사람들은 우리의 편도 적도 아닙니다,
그들은 그저 자신만의 길을 가고 있을 뿐입니다.
자신을 좋아하지 않는 이들이 있음을 받아들이고,
모두가 나를 좋아하기를 바라는 건 지나친 기대입니다.

관계

생각이 너그럽고 두터운 사람은

봄바람이 따뜻하게 만물을 기르는 듯하여

무엇이든지 이런 사람을 만나면 살아나고,

마음이 모질고 각박한 사람은

차가운 눈이 만물을 얼게 하는 듯하여

무엇이든지 이런 사람을 만나면 죽느니라.

채근담

채근담 (茶根譚)은 17세기 중국 명나라 말기에서 청나라 초기에 홍응명 洪應明이 저술한
도덕적 교훈과 인생철학을 담고 있는 책이다.

따뜻한 마음은 봄바람처럼,
모든 것을 기르고 생명을 불어넣습니다.
하지만 차가운 마음은 겨울의 눈처럼,
만나는 이들의 마음을 얼리고 무력하게 만듭니다.

215

관계

남이 당신에게 관심을 갖게 하고 싶거든,

당신 자신이 귀와 눈을 닫지 말고

다른 사람에게 관심을 표시하라.

이 점을 이해하지 않으면,

아무리 개간이 있고 능력이 있더라도

남과 사이좋게 지내기는 불가능하다.

로랜스 굴드

로랜스 굴드 (Lawrence Gould, 1913 – 1996)는 미국의 물리학자이자, 과학 교육자이자,
과학 역사에 기여한 인물이다.

다른 사람의 관심을 받고 싶다면
그들의 말에 진심으로 귀를 기울이세요.
상대에게 먼저 관심을 보일 때,
따뜻한 교감이 싹트기 시작합니다.

217

노동은 단순히 생계의 수단이 아니라,

존재의 의미를 탐구하는 중요한 과정입니다.

우리는 행동하는 존재로서, 자신의 능력과 가능성을

실현하기 위해 끊임없이 노력하며, 그 노력의 결과로

성취감을 경험하는 존재입니다.

노동은 결국 외적 보상이 아닌, 내적 가치 실현의 과정이자

인간 존재의 진정성과 자아를 실현하는 데 중요한 수단입니다.

우리가
행복해지기 위해
담아야 할 것들

14

노동과 성취감

노동과 성취감

행복한 삶을 위해 우리가 마음에 담아야 할 중요한 가치 중 하나는 "노동과 성취감"입니다. 노동은 단순히 생계를 위한 수단이 아니라, 우리의 능력을 발휘하고 삶의 의미를 발견하는 중요한 과정입니다.

또한 노동을 통해 얻는 성취감은 우리의 자존감을 높이고, 삶의 만족감을 깊이 채워줍니다. 사회가 점차 효율성과 편리함을 강조하면서 많은 사람들이 노동을 단순히 피로의 원천으로 여기기도 하지만, 사실 노동은 그 이상의 의미를 가집니다.

노동은 우리의 삶에 질서와 구조를 제공합니다. 일정한 리듬과 책임을 갖고 하루를 채워가는 과정은 우리에게 안정감을 주며, 목표를 향해 나아가고 있다는 느낌을 줍니다. 이러한 리듬 속에서 우리는 스스로의 존재를 확인하고, 작은 성취를 쌓아가는 기쁨을 느낄 수 있습니다.

노동은 우리의 하루를 의미 있게 만들며, 우리가 시간 속에서 성장하고 있음을 깨닫게 합니다. 정기적인 노력과 과정을 통해 만들어지는 성취는 즉각적인 즐거움과는 다른, 깊은 만족감을 줍니다. 이는 단순한 결과물이 아니라 과정 자체에서 얻는 기쁨입니다.

심리학적으로 성취감은 우리의 자아를 긍정하고 강화하는 역할을 합니다. 작은 목표라도 그것을 달성했을 때 느끼는 기쁨과 자부심은 우리 스스로를 더 가치 있는 존재로 느끼게 만듭니다.

성취감은 단순히 외부의 칭찬에 의존하지 않으며, 우리가 노력한 만큼 얻어지는 순수한 만족감입니다. 성취를 통한 자아 확인은 자존감을 높이고, 우리 삶에 자신감을 불어넣습니다.

반대로 성취감을 느끼지 못하는 삶은 자기 회의와 무기력함으로 이어질 수 있습니다. 일상 속에서 성취를 통해 성장하는 감각을 잃지 않는 것은 우리의 정신적 건강을 위해 매우 중요합니다.

노동과 성취감은 자기 발견의 과정이기도 합니다. 사람마다 성향과 능력이 다르기 때문에, 노동을 통해 자신에게 맞는 역할과 가치를 발견할 수 있습니다. 이를 통해 우리는 자신의 강점과 약점을 알게 되고, 더 나아가 자신의 진정한 열정과 관심을 찾게 됩니다.

자신이 잘하는 일을 해내며 느끼는 성취감은 어떤 직업이든 관계없이 우리에게 큰 만족을 줍니다. 이는 그저 경제적 보상을 넘어서는 차원의 보람을 느끼게 하며, 우리가 왜 노력하는지에 대한 근본적인 이유를 제공해 줍니다.

성취감은 삶에 기쁨과 감사, 몰입을 더해줍니다. 노동을 통해 우리는 과정 속에서 즐거움을 찾고, 그 결과로 더 큰 행복을 느낍니다.

또한, 우리의 작은 성취들이 공동체에 긍정적인 영향을 미치며 삶을 더욱 의미 있게 만듭니다. 노동과 성취감은 내면의 만족을 키우고, 물질적 보상을 넘어 삶의 질을 향상시키는 중요한 가치입니다.

노동

행복한 사람이란 어떤 가치 있는 것을
생산하는 사람을 의미한다. 짜증스러운 사람이란
어떤 가치 있는 것을 생산하지 않는 사람을 의미한다.
만일 우리에게 짜증이 있다면,
우리는 게으름에 사로잡혀 있는 사람이다.

윌리엄 랄프 인게

윌리엄 랄프 인게 (William Ralph Inge, 1860 – 1954)는 영국의 신학자이자 성공회 성직자,
저술가, 철학자로, "딘 인게"라는 이름으로 널리 알려져 있다.

행복한 사람은 세상에 가치를 더하는 사람이며,
짜증스러운 사람은 그 가치를 놓치고 있는 사람입니다.
불만이 마음속에 있다면, 그것은 게으름에서 비롯된 것일 수 있으니
우리의 마음을 비우고 가치 있는 일을 찾아 나아가야 합니다.

노동

일한 대가로 얻은 휴식은 일한 사람만이 맛보는 쾌락이다.

일하고 난 후가 아닌 휴식은

식욕이 없는 식사와 마찬가지로 즐거움이 없다.

가장 유쾌하면서 가장 크게 보람되고, 또 가장 값싸고

좋은 시간의 소비법은 항상 일하는 것이다.

카를 힐티

카를 힐티 (Carl Hilty, 1833 - 1909)는 스위스의 법학자, 철학자, 작가로, 윤리적 삶과 신앙의 중요성을 강조한 저술로 유명하다.

일의 결실을 통해 얻은 여유는
마치 갈증을 풀듯 깊은 만족감을 선사합니다.
진정한 행복은 일을 통해 성취감을 느끼고,
그 속에서 삶의 진정한 의미를 찾는 데 있습니다.

일

사람은 일하기 위해서 창조되었다.
명상하고 느끼며 꿈꾸기 위해서만은 아니다.

토머스 칼라일

토머스 칼라일 (Thomas Carlyle, 1795 – 1881)은 스코틀랜드의 역사가이자 철학자,
평론가, 수필가로, 빅토리아 시대 영문학과 사상에 큰 영향을 미쳤다.

우리는 생각과 꿈으로만 존재하지 않습니다.
우리의 손과 발은 세상을 만들어가기 위해 존재합니다.
꿈과 희망은 방향을 제시하지만, 일에서 얻은 기쁨은
몸과 마음의 건강한 휴식을 선물합니다.

노동

노동은 자기 생활을 바르게 즐기는 최상의 방법이다.

감각기관에 가장 큰 즐거움은 노동 뒤에 오는 휴식이다.

일하지 않는 자는 청상한 기분과 만족함을 알 수 없다.

칸트

칸트 (Immanuel Kant, 1724 - 1804)는 독일의 철학자이자 계몽주의 사상가로, 윤리학, 형이상학, 인식론에서 혁신적인 사상을 펼치며 서양 철학에 큰 영향을 미쳤다.

노동은 삶의 진정한 기쁨을 찾는 길입니다.
노력 뒤에 찾아오는 휴식은 가장 큰 보상이며,
일하지 않으면 참된 만족을 경험할 수 없습니다.
진정한 행복은 일과 휴식 속에서 완성됩니다.

몰두

인간의 가장 행복한 시간은
일에 몰두하고 있을 때이다.
인간의 고독감은 삶의 공포일뿐이다.

유진 오닐

유진 오닐 (Eugene O'Neill, 1888 – 1953)은 20세기 미국 연극의 중요한 인물로, 현대 극장에서 사실주의를 도입한 작품들로 잘 알려져 있다.

행복은 일에 몰두할 때 찾아오는 것입니다.
고독은 삶의 공포일뿐이며, 그 자리에 노동의
열정과 몰입이 채워질 때 우리에게
삶의 의미 있는 순간들로 채워지게 됩니다.

일

노동을 사랑하라.

양식을 위해서 노동할 필요가 없는 사람도

건강을 위해서는 필요한 것이다.

그리고 노동은 신체에 좋을 뿐만 아니라,

정신에도 좋다.

윌리엄 펜

윌리엄 펜 (William Penn, 1644–1718)은 영국 출신의 철학자이자 퀘이커 교도 지도자,
정치가, 그리고 펜실베이니아 식민지의 설립자로 알려져 있다.

노동은 단순한 일거리가 아니라,
몸과 마음을 채우는 선물입니다.
양식만큼이나 건강을 위해 필요한 것이며,
우리는 노동에서 삶의 보상과 지혜를 얻습니다.

우리가 행복해지기 위해
담아야 할 것들

초판 1쇄 펴낸날 2025년 4월 01일

지은이 김한수
펴낸이 이종근
펴낸곳 도서출판 하늘아래

주소 경기도 고양시 일산동구 하늘마을로 57- 9 3층 302호
전화 (031) 976-3531
팩스 (031) 976-3530
이메일 haneulbook@naver.com
등록번호 제300-2006-23호

ISBN 979-11-5997-111-2 (04810)
ISBN 979-11-5997-109-9 (세트)